아몬드 크루아상
실종사건

아몬드 크루아상 실종사건

초판 1쇄 인쇄_ 2021년 02월 15일 | **초판 1쇄 발행**_ 2021년 02월 18일
유수혁_지음 안아유_그림 | **펴낸곳**_꿈과희망
디자인 · 편집_권현정
주소_서울시 용산구 한강대로 76길 11-12 5층 501호
전화_02)2681-2832 | **팩스**_02)943-0935 | **출판등록**_제2016-000036호
E-mail_ jinsungok@empas.com
ISBN_979-11-6186-094-7 43810
※ 책 값은 뒤표지에 있습니다.
※ 새론북스는 도서출판 꿈과희망의 계열사입니다.

아몬드 크루아상
실종사건

유수혁 지음 안아유 그림

꿈과희망

들어가며

첫 번째 이야기, 아몬드 크루아상 실종 사건

"범인도 단서도 그리고 사라진 아몬드 크루아상도 오직 내 머릿속에 있다."

소년 나셜록이 냉장고 속 실종된 크루아상의 단서를 끝까지 추적하면서 아몬드 크루아상을 훔친 범인을 찾아가는 이야기이다. 전반적으로 탄탄한 추리력과 과학적 지식을 총동원하여 전개되는 나셜록의 사건 해결 과정을 세밀하게 묘사하고 있다. 용의자 리스트에 오른 사람은 단 4명, 사건 추정시간을 거슬러 올라가 용의자의 행동과 표정을 주도 면밀하게 관찰한다. 또한 용의자가 머물렀던 장소, 그 안에 남겨진 물건들…… 하나도 빠짐없이 살펴나간다. 용의자의 의심점을 가려내며 세세하게 분석하여 추려지는 범인.

"그래, 000이 범인이야." 범인을 찾아낸 나셜록이 그 말 한마디를 외치려는 순간, 뜻밖의 변수와 반전이 숨어있는데……

두 번째 이야기, 어느 시간 여행자의 모험

주인공인 나는 고생물학자이자 고고학자로서 인류에게 다가올 절망을 해결하고자 차원 이동 프로젝트의 선발대로 참여하게 된다. 하지만 잘못된 두 번의 이동을 통해 두 개의 다른 차원 속 지구로 떨어지게 되고 그 사이에 일어나는 사건들과 만나는 사람들과의 흥미로운 대화를 통해 인간과 지구, 그리고 그 본질에 대해 다시 한번 생각하게끔 만드는 작품이다. 우리의 삶에 대한 태도와 마음가짐이 어떠한지에 대한 강한 메시지를 담고 있다.

'사회 시스템의 붕괴가 곧 현실로 다가올 것이야.'

2055년, 반구돔 안에서 제한적으로 살아가는 사람들, 환경오염의 악화로 더 이상 밖에서는 숨쉴 수 없는 이 지구에선 인류의 희망은 더 이상 남아 있지 않다.

그리하여 정부는 쓰레기 수거를 위한 해상 기지 설립 5개년 계획을 공개적으로 발표했다. 공개 발표 이후 그 계획은 사람들의 관심 속에서 유유히 사라졌고 그리고 5년이 지난 2060년 지금, 친구 길동의 안내로 그가 준 의문의 에이스 카드와 함께 나는 하와이의 이름 모를 장소에 도착하였다. 그 곳에는 나와 같은 카드를 가진 수십 명의 사람들이 모여 있었고 한 정부 관계자가 말했다.

"여러분은 지금부터 탐사용 캡슐을 이용한 차원 이동을 하게 될 것입니다."

정부는 5년동안 쓰레기 문제를 해결하기 위해 기지 설립을 한 것이 아닌 비밀리에 인류 구조를 위한 마지막 차원 이동 프로젝트를 계획했다. 선발대에 합류한 나는 드디어 순간 차원이동의 엘리베이터에 타게 되고 내가 바라던 1666년의 지구로 이동하게 된다. 과연 나는 내가 바라던 곳으로 이동한 것인가? 그 곳에서 어떤 임무를 완수할 수 있을까?

*

PART 1 아몬드 크루아상 실종사건

*

PART 2 어느 시간여행자의 모험

아몬드 크루아상
실종사건

등장인물

나　: 공상과학과 탐정소설을 좋아하는 호기심 많은 초5 남학생

누나 : 예민하고 까다로우며 감성이 풍부한 중2 사춘기 여학생

형　: 과묵한 성격의 조금 게으른 고1 남학생

엄마 : 성격이 활발하고 약간 덜렁대며 친구와 수다떠는 것을 좋
　　　아하는 가정주부

아빠 : 가족을 위해 성실히 일하는 평범한 40대 가장이자 모범 회
　　　사원

안녕! 친구들

　지금부터 내 소개를 할게. 나는 공상과학과 추리소설을 너무 좋아하는 초등학교 5학년 학생이야. 내가 가장 좋아하는 추리소설은 〈셜록홈즈〉이고 셜록처럼 사물을 관찰하고 사건을 추리하는 게 내 취미야. 난 누구보다도 셜록을 좋아해. 그래서 평소에도 자주 셜록 흉내를 내곤 해. 매 사건마다 셜록은 어떤 생각을 했을까? 예리한 추리력으로 범행현장의 흔적들을 분석하고 범인의 행동을 추론했겠지. 그래서 나도 마치 내가 명탐정 셜록이 된 것처럼 셜록의 시선으로 문제를 보고 해결하려고 하고 있어.

　난 작년부터 우리 가족들의 걸음걸이, 행동, 취향, 관심사, 성격, 심지어 본인조차 인식 못하는 개개인의 습관들을 아주 세세하게 모두 관찰하고 분석하며 꼼꼼히 기록하고 있어. 가끔 창문 너머 지나가는 사람들을 보면서 그들의 걸음걸이, 옷차림, 가지고 있는 물건 등을 관찰하고 분석해서 사람들의 직업과 성격을 유추해 보기도 해. 요즘엔 말이야, 엄마가 사 주신 휴대폰으로 다양한 로고나 암호에 대한 정보들을 수집하고 있어. 나의 관찰대상이 주변 현상이나 인물에서 이젠 디지털 세상으로까지 범위를 넓혀 가고 있지. 셜록이 지금 이 시대에 살고 있다면 분명 나와 같았을 거야.

평소처럼 주변 관찰에 열중하고 있는 나를 본 어른들은 종종 나에게 이렇게 물어봐.

"넌 공부는 언제 하니?"

"커서 뭐가 되려고 그러니?"

그럼 난 항상 이렇게 대답해.

"저 서울대 의대 가서 의사가 될 거예요."라고

내 대답을 들은 어른들의 표정을 같이 봤어야 했는데…… 정말 어처구니 없어들 하시지. 내가 왜 하필 서울대 의대 들어가서 의사가 될 거라고 대답하냐 하면 우리나라에선 대학은 서울대, 장래희망은 의사라고 하면 성공의 정답과 같은 길, 탑 오브 탑이 되는 거라고 어른들은 생각하시거든. 그런데 이런 내 대답을 들은 어른들 대부분은 더 이상 아무 말씀도 안 해. 왜냐고 묻거나 아님 열심히 공부해서 꼭 훌륭한 의사가 되라고도 하지 않으시지. 오히려 잠깐의 침묵과 함께 입가에 약간의 비웃음 섞인 미소만을 띄우지. 속으론 공부도 안 하는 게 서울대 갈 거라고 말하는 날 기막히게 생각하시면서 꿈만 야무지게 큰 아이라고 비웃으시 겠지. 그래! 그게 바로 내가 원하는 어른들의 반응이야. 때론 엉 뚱한 대답을 하고, 때론 송곳 같이 날카롭게 정곡을 찌르는 질문 들을 쏘아 대면서 어른들을 당황하게 만드는 아이, 그런 날 보면 서 어처구니없어 하시는 어른들의 표정을 보면 난 통쾌함과 즐거 움을 한꺼번에 느끼게 돼.

어떻게 질문으로 대화 상대를 당황하게 하는지 가르쳐 줄까? 먼저 대화 상대의 말을 잘 듣는 척해. 약간의 고개 끄덕임과 추임새 (그렇구나~ 정말? 그래서요? 등)를 넣어주는 거지. 그럼 상대는 신나서 자기 이야기를 더 많이 하거든. 어느 정도 들었다 싶으면 질문을 하는 거야. 가령 어른들이 학생들에게 훈계를 하실 때,
"학생은 공부를 열심히 해야지."
하고 말하시면 나는 일단 그 말을 따라 하면서 수긍과 동조를 하는 거야. 머리를 약간씩 끄덕이며 방금 들은 말을 되풀이하는 거지. 이렇게 말이야.
"음~ 그렇구나. 학생은 공부를 열심히 해야 하는구나."
그 다음은 내가 질문하는 거야
"근데 왜요?"
"왜 공부를 열심히 해야 하죠?"라고 묻는 거지.
그럼 또 공부를 열심히 하면 출세도 하고 출세를 하면 돈도 많이 벌고 등등 긴 설명을 하시거든. 또 고개를 끄덕이며 열심히 듣는 척하다가

"공부를 열심히 하면 출세도 하고 출세를 하면 돈도 많이 벌고…… 하는구나."

어른들의 말씀이 너무 길면 그냥 끝말만 따라 하거나 동조만 하면 돼. 머리를 약간씩 끄덕이며 이렇게 하는 거야.

"아~ (머리를 천천히 조금씩 끄덕이며) 그렇구나."

그 다음은 그런 말씀을 하신 상대방 어른들에게 이렇게 물어보는 거지.

"어렸을 때 공부 열심히 하셨어요?"

"그럼 돈도 많이 버셨고 출세도 하셨겠네요?"라고

이런 나의 질문에 어른들은 대부분 약간 당황하시고는 말을 얼버무리지. 간혹 돈 많고 출세한 분이 자기 자랑으로 그런 충고를 하지만 대부분 자신도 어렸을 때 못한 걸 아이들에게 충고랍시고 하시거든. 충고는 상대가 듣고 싶을 때 하는 거야. 상대가 듣고 싶어할 때 해도 사실 별 효과는 없어. 충고라는 이름하에 상대의 단점을 이야기하거나 어설픈 조언을 하는 건 그냥 시간 낭비지. 듣는 사람은 자기 단점을 들으면 일단 기분이 먼저 나빠지거든. 인간은 100% 감정의 동물이야. 사람이 이성적으로 생각하고 판단해서 행동한다고 하지만 그 이성의 근간을 이루고 있는 건 감정이거든. 자기 단점을 들었는데 뭐가 기분이 좋겠어. 일단 기분이 나빠졌는데 뭘 받아들이고 고치겠어. 단점은 스스로 깨달아서 고치는 거지, 남이 고쳐라 해서 고치는 게 아니야. 그런 점에서 공부도 본인이 하고 싶어서, 아님 해야겠다고 느껴서 하는 거지 부모님이, 어른들이 열심히 하라고 해서 하는 게 아니잖아. 친구들은 안 그래? 세상에는 공부 말고 재미있는 게 얼마나 많은데 그렇게 많고 많은 재미있는 것들을 뒤로하고 가장 재미없고 하기 싫은 공부를 하라는 건 정말 말이 안 되잖아. 만약에 어른들에게 영화나 드라마 같은 것들은 보지 말고 서양고전 같은 인문학 책들만 읽으라고 한다면 어떨까? 그건 마치 배가 너무 고픈데 맛있는 거 옆에 잔뜩 쌓아 두고 단지 몸에 좋다는 이유로 정말 맛없는 샐러드 같은 풀떼기만 먹으라고 하는 것과 같아. 때론 어른들이 아이들보다 더 생각이 짧고 설득력도 떨어지는 것 같이 느껴지기도 해. 친구들! 나 좀 멋진 생각을 가진 아이 같지 않아?

자! 내 소개는 이쯤에서 마치고 이제부터 지난주 금요일에 일어났던 내 아몬드 크루아상 실종사건에 대해서 이야기해 줄게. 나는 이 사건의 파일명을 바로 〈아몬드 크루아상 실종사건〉이라고 지었어.

어때 이 사건 궁금하지? 자, 이제 사건 속 전말로 같이 들어가 보자!

나셜록의 사건파일

사건 파일 번호	20201028
사건명	아몬드 크루아상 실종사건
실종 대상	아몬드 크루아상
사건 발생시간	금요일 오후 2시부터 – 토요일 오후 2시까지(추정 시간)
발생 장소	냉장고
사건 내용	아몬드 크루아상 실종
특징	학교에서 받은 아몬드 크루아상은 별도의 비닐 포장지에 싸여 있었음. 포장지 외부엔 학교 로고가 박혀 있었음. 외부 포장 및 내부 빵 상태는 최상의 상태로 보존되어 있었음.
담당자	나셜록

1장

아몬드 크루아상 실종사건

　지난주 금요일은 학교에서 단축수업이 있던 날이다. 난 학교 식당에서 점심을 먹고 바로 집으로 돌아왔다. 그날 점심과 함께 디저트로 마침 내가 좋아하는 크루아상이 나왔다. 난 크루아상을 보자마자 기쁨과 불편한 마음이 동시에 들었다. 내가 좋아하는 크루아상이 디저트로 나온 것은 기뻤지만 하나하나 일회용 개별 비닐 포장으로 나온 것은 낭비이자 환경오염이라는 생각이 들어 마음이 불편했다.

　그날 난 크루아상을 바로 먹지 않고 집으로 가져왔다. 내 마음을 불편하게 했던 그 개별 포장 덕분에 모양을 그대로 유지한 채 크루아상을 집까지 고이 가져올 수 있었다. 난 지금의 작은 편의를 선택하면서도 "나의 이런 작은 편의로 쌓아 올린 엄청난 환경오염과 재난의 후 폭풍을 인류가 나중에 견딜 수 있을까?"라고 미래의 환경까지 함께 걱정했다. 다음부터는 작은 편의보다 환경을 위해서 작은 불편을 선택해야겠다고 생각했다.

여기서 잠깐! 고작 크루아상이 뭐길래. 상처날까 봐 자칫 그 모양이 찌그러질까 봐 신주단지 모시듯 고이고이 두 손으로 받쳐 들고 조심히 들고 왔냐고 물어보는 사람이 있다면 그건 크루아상의 본질을 몰라서 하는 소리다. 크루아상은 초승달을 닮은 모양의 빵(요즘은 조금씩 다양한 모양으로 나오지만 오리지널은 초승달 모양이다. 초승달을 프랑스어로 크루아상이라고 한다.)으로 빵 중에서도 예술적인 요소가 가미된 베이커리 비법이 숨어 있다. 보통, 빵의 모양과 맛은 재료의 조합이 완벽해야 완성된다. 그 중에서도 크루아상은 반죽과 버터의 환상적인 조합으로 부풀어 올라 한 겹한 겹 빵 속 숨결까지도 퍼펙트하다. 크루아상은 수백 개의 얇은 빵 층으로 만들어져 있고 그 층마다 공기가 들어 있어서 만약 조금의 외부 압력으로 눌러지기라도 하면 말 그대로 그냥 **빵**이 **떡**이 되어버린다. 차가운 온도에서의 반죽, 수십 번의 접고 밀고(fold & press)의 과정을 거친 후 마지막 고난인 빵 굽는 시간까지 묵묵히 견뎌온 크루아상을 아무렇게나 가방에 구겨 넣어와 그 본질을 망쳐버린다면 이건 크루아상을 대하는 자세가 아니다. 내가 그날 들고 왔던 크루아상은 빵 위에 아몬드 슬라이스와 슈가파우더까지 뿌려진 아몬드 크루아상으로, 다른 보통 크루아상과는 비교도 할 수 없을 정도로 바삭하고 고소하다. 정확히 말하자면 그 식감과 맛이 보통 크루아상과는 확연히 다르다. 한마디로 겉바속촉이다. 겉은 바삭하고 속은 촉촉하고 부드럽다. 일단 아몬드 크루아상을 한 입 베어 무는 순간 겉의 바삭함과 고소함의 절묘한 만남에 한번 놀라고 빵 속에서 느껴지는 풍부한 버터의 향과 맛, 그리고 쫄깃하고 촉촉한 속결에 두 번 놀랄 것이다.

그런 위대한 크루아상을 감히 가방이라는 구속장치에 아무렇게나 방치한 채로 들고 온다는 건 정말 말도 안 된다. 게다가 집으로 걸어오는 내내 왼쪽에서 오른쪽으로 치이고, 오른쪽에서 왼쪽으로 치이면서 가방의 주인인 책에까지 구박을 받아 눌려진 상태로 집에 도착하게 된다면 그건 정말 최악이다. 가방을 열어 아무리 모양이 찌그러진 크루아상을 심폐소생 한다고 해도 이미 운명을 달리해 떡이 되어버린 크루아상은 학교에서 본 나의 크루아상이 아닌 것이다. 반드시 만든 이가 그려 둔 크루아상의 초승달 모양 그대로 지켜줘야 하는 것이 크루아상을 먹는 자의 예의이다. 그럼 받은 즉시 먹어버리지 왜 집에 들고 가느냐고 묻겠지만 이 또한 아주 중요한 이유가 있었다.

나는 원래 추리에 관심이 제일 많았지만 최근에는 쥘 베른(18세기 프랑스의 대표적인 SF소설작가, 대표작으로는 〈지구 속 여행〉, 〈지구에서 달까지〉, 〈달나라 탐험〉, 〈80일간 세계일주〉, 〈해저 2만리〉, 〈신비의 섬〉 등)의 공상과학 소설책들을 읽고 과학에도 관심이 생겼다. 그중에서 가장 관심이 가는 것은 우주였다. 쥘 베른이 쓴 〈지구에서 달까지〉 그리고 그 후속작인 〈달나라 탐험〉은 유인 우주선은커녕 로켓조차 없던 시기에 그려낸 것으로 우주로 대포알을 쏘아 보내겠다는 계획과 사실적인 묘사는 나에게 새로운 충격을 주었다. 그 이후로 나는 우주 관련 계획과 프로젝트를 조사해 보았고 그때 내 눈에 민간 우주기업 스페이스X(최근에 사람들의 눈길을 끌고 있는 전기자동차를 만드는 테슬라의 CEO인 일론 머스크가 창립한 기업)가 보였다. 그 누구도 예상하지 못했으며 대부분의 사람들이 불가능하다 했던 일을 민간 기업이 로켓의 재활용이라는 새로운 방법을 활용하여 현재에도 지속적으로 로켓을 발사하고 있는 것이었다. 또 언젠가는 화성으로 '사람'을 보내겠다는 발표까지 듣고 나서 나는 완전히 '스페이스X 덕후'가 되었다.

크루아상을 집으로 가져간 그날이 마침 스페이스X사에서 만든 첫 유인 우주선 '드래곤V2'를 발사하는 날이었다. 내가 고대했던 '드래곤V2'를 발사하는 날과 크루아상을 받은 날이 같았다. 마치 온 우주가 나로 하여금 크루아상을 고이 간직해 집으로 가져가서 '드래곤V2' 발사를 자축하라는 의미인 것 같았다. 필히 그 발사 과정을 생중계로 보면서 나의 최애 크루아상을 한입씩 베어 물고 그 순간을 즐기고 싶었다. 어른들이 치맥과 함께 축구 경기를 즐기는 것처럼 나도 나의 크루아상과 함께 과학 역사에 남을 결정적인 순간을 즐기고 싶었다. 게다가 이건 그냥 크루아상이 아니라 얇고 바삭한 아몬드가 뿌려진 크로와상이 아닌가? 그래서 나는 빨리 집에 가서 나의 아몬드 크루아상과 함께 컴퓨터 앞에서 생중계를 기다리기로 했다.

여기서 잠시 내가 '드래곤V2'를 좀 더 상세히 설명하는 것이 좋겠다. '드래곤V2'는 미국의 유명한 민간우주선 개발의 선두주자인 기업 스페이스X에서 개발한 우주선이다. 스페이스X에서는 많은 우주관련 프로젝트를 진행 중인데 그중 이 '드래곤V2'의 성공적인 발사와 귀환은 우주개발의 역사에서도 꽤나 의미 있는 사건이다. 왜냐하면 '드래곤V2'는 정부에서 만든 것이 아닌 민간기업이 만든 유인우주선 발사의 최초 성공사례이기 때문이다. 이렇게 편하게 집에서 의자에 앉아 최초의 민간기업의 유인 우주선을 발사부터 도킹하는 과정까지 지켜볼 수 있는 나는 굉장히 좋은 시대에 태어난 것 같다는 생각까지 들 정도였다.

난 집에 도착하자마자 손에 든 크루아상은 내려놓지도 않은 채 오른손 왼손 번갈아 가며 등에 멘 가방을 이쪽저쪽 묘기 부리듯 벗어서 방바닥에 먼저 내려놓았다. 이미 한 몸이 된 크루아상과 나는 바로 컴퓨터 모니터 앞에 자리를 잡았다. 생중계가 시작되기 직전, 갑자기 나와 크루아상 그리고 또 하나 중요한 동지가 생각이 났다. 우유하면 빵이 팀을 이루듯 나의 크루아상은 반드시 아이스크림과 팀을 이루어야 한다. 며칠 전 베스킨라빈스에서 사 온 '바람과 함께 사라지다' 아이스크림이 생각이 났다. 난 한입만 베어 문 크루아상의 맛을 80%쯤 즐기다가 그 후에 갑자기 훅 들어오는 아이스크림 맛을 완전 사랑한다. 크루아상의 버터 맛 풍미를 시작으로 고소한 아몬드가 입안을 훑더니 바람같이 파고든 아이스크림의 진한 치즈와 달콤한 딸기 맛으로 입안 전체가 완전히 마무리되는 것이다. 그 어느 것도 범접할 수 없는 크루아크(크루아상+아이스크림)의 하모니에 빠져드는 순간이다. 여기에 '드래곤V2' 우주선 발사 생중계라니! 눈과 입을 만족시키는 환상의 커플 아닌가?

커플은 서로 같이 있어 빛을 발휘하는데 생중계는 내 마음보다 더 느리게 진행되고 있었다. 카운트다운까지 어떻게 기다리고 있지? 아! 크루아상은 크기가 작은 하나지만 아이스크림은 그래도 양이 많으니 우선 크루아상을 냉장고 속에 고이 모셔 두고 아이스크림을 먼저 먹으면서 있다가 '드래곤V2' 발사 카운트다운 그 순간에 크루아상을 가져와 같이 먹기로 계획을 변경했다. 원래 난 가장 맛있는 음식은 아껴 뒀다가 부차적인 것들을 다 먹은 후에 맨 마지막에 먹는 걸 좋아한다. 그때마다 엄마는 맛없는 것을 먼저 먹으면 배불러서 정말 맛있는 건 제대로 못 먹을 수도 있으니 좋아하는 것, 더 맛있는 것부터 먹으라고 하신다. 하지만 원래 주인공은 무대의 마지막에서 화려한 등장으로 사람들에게 기쁨을 주듯이, 나의 크루아상의 마지막 무대 피날레를 위해 난 기다려야 했다. 나와 크루아상이 만남에서 지금까지 한시도 떨어지지 않았지만 지금이 바로 잠시 서로 떨어져 있을 시간이었다. 그래서 나의 아몬드 크루아상은 냉장고 속에서 신선함을 유지하고 난 컴퓨터 앞에서 대기시간을 기다리며 지키고 있기로 했다. 생중계는 카메라로 우주선이 서 있는 그 장소부터 천천히 주위를 돌며 전체를 비추고 있었다. 사회자는 우주선이 겪어온 지난 과정을 우리에게 설명해 주고 있었지만 난 앞으로 우주선이 있을 광활한 우주를 상상하고 있었다. 눈 앞의 아이스크림은 지구 밖 차가운 우주와도 같았다. 입속은 차가웠으나 내 머릿속은 뜨거운 우주선 발사 분구의 불꽃과도 같았다. 그렇게 난 한참을 생중계에 빠져 정신없이 화면 속 '드래곤V2'를 보다가 냉장고 속 아몬드 크루아상을 완전히 잊어버렸다. 그 존재까지도 내 머릿속에서 지워진 것이다. 잠이 드는 그때까지도 최애였던 크루아상은 온데간데없고 내 머릿속 공간은 온

통 무인 우주선 '드래곤V2'가 날아다니는 우주로 가득 차 있었다.
이것이 나의 아몬드 크루아상과의 마지막 만남이 될 줄이야 그때
는 꿈에도 몰랐다. 그렇게 난 잠이 들었다.

2장

4명의 용의자

　이튿날 아침, 간밤에 온통 우주선 발사 장면을 떠올리면서 잠을 설친 탓에 나는 9시가 되어서야 겨우 일어났다. 어제의 기분 좋은 여운과 함께 하루를 시작했다. 한참을 광활한 우주스페이스에서 날아다닐 '드래곤V2'를 생각하면서 반나절을 보내도 내 시간이 전혀 아깝지 않았다. 늦게까지 침대에서 공상하며 뒹굴다가 겨우 일어난 나는 바로 부엌으로 달려가 냉장고 문을 열었다. 일단 냉장고 위에서부터 아래로 쭉 훑어보며 빠르게 스캔을 했다. 그리고는 나와 함께 아침을 맞이할 음식을 챙겨서 방으로 돌아와 책상 앞에 앉았다. 얼른 좋아하는 딴짓거리를 하면서 여유로운 아침 식사를 즐겨야지 하는 생각뿐이었다. 지금쯤이면 어제 발사된 '드래곤V2'는 우주 어딘가를 날아가고 있겠지. 대기 밖을 벗어나 어디로 갔을까? 행복한 상상을 하면서 들고 온 바나나와 요거트로 아침밥을 만들었다. 바나나는 어제 본 새하얀 우주선을 생각나게 했고, 요거트는 바나나가 있어야 할 우주같이 보였다. 실제의 우주는 어떤 곳일까? 엄마가 주스를 갈 때 넣는 호두를 가져와 지구와 행성을 만들었다. 호두, 바나나, 요거트를 가지고 책상 위에서 난 나만의 우주 스페이스를 만들고 있었다. 나만의 우주에는 뭐든 주인공이 될 수 있으니, 나의 아침밥 주재료들이 나의 우주 주인공들이 된 것이다. 한참 동안 나만의 우주를 만들며 놀고 있는데 옆에서 따가운 시선이 느껴졌다. 엄마였다. 엄마는 호두를 한참 찾으시다가 내가 가지고 있는 호두를 보시고는 바로 낚아채듯 빼앗아 가서 믹서기에 넣고 갈아 버리셨다. 그리곤 호두우유라며 마시라고 나에게 내미셨다. 엄마가 준 호두우유를 받아 든 나는 "내 상상 속 행성들이 우유 속으로 융화되어 그 형체조차 없어져 버리다니 이럴 수가~ 그렇다면 난 바나나와 호두우유 그리고 요거트를 함께 내 뱃속으로 저장, 가두어 버릴 것이다. 그들은 내 뱃속에서 그들만의 우주를 만들 것이니……"라고 혼자 중얼거리고는 그들을 단숨에 맛있게 먹어 치워 버렸다.

오전을 그렇게 보내고 오후가 되니, 주말이라 놀고 있는 아들이 불만이셨는지 엄마는 수학문제집을 주시면서 오후엔 숙제와 문제집 풀이까지 하라고 하셨다. 나의 상상의 우주는 여기까지였던 것이다. 아쉽지만 나는 나의 우주를 머릿속에서 벗어 던지고 어제의 생중계 장면도 잠시 꺼둔 채 수학 공부를 시작했다. 그렇게 한참을 공부하다가 갑자기 내 '아몬드 크루아상'이 내 뇌리를 스쳤다. 냉장고 속 투명 비닐 포장지 속에 들어 있을 나의 아몬드 크루아상, 오랜 시간 동안 냉장고 속에 두고 존재조차 잊어버린 나의 아몬드 크루아상, 그렇게 잊어버리고 지나쳐서는 절대 안 되는 나의 소중한 아몬드 크루아상이 생각났다.

나는 서둘러 부엌으로 가서 냉장고 문을 열었다. 내 눈은 문을 연 동시에 크루아상이 있어야 할 자리로 바로 옮겨갔다. 그런데 내 아몬드 크루아상이 보이지 않았다. 냉장고 위 아래 선반, 야채 칸, 과일 칸, 심지어 냉장고 문에 붙어 있는 칸까지 구석구석 찾아 봐도 투명 비닐포장지에 학교 로고가 있는 나의 크루아상은 어디에도 보이지 않았다.

느낌이 심상치 않았다. 뭔가가 잘못되었다. 이건 아니다. 있어야 할 내 크루아상이 보이지 않는다. 냉장고 속에서 영롱한 자태를 뽐내고 있어야 할 내 크루아상이 감쪽같이 없어지다니. 이럴 순 없다. 분명 투명 포장지엔 우리 학교 이름이 적힌 로고가 있었고 그 로고를 본 누구라도 이 크루아상이 ○○초등학교 학생의 것임을 틀림없이 알고 있었을 것이다. 이럴 순 없다. 그건 그냥 보통의 크루아상이 아니다. 나와 학교에서부터 집안 냉장고까지 어떻게 같이 온 크루아상인데, 그리고 '드래곤V2' 생중계의 마지막 피날레를 장식해주기 위해 같이 오랜 시간 기다려 준 크루아상인데, 이렇게 감쪽같이 사라졌을 리가 없다.

갑자기 멘붕이 오기 시작했다. 크루아상이 사라지기 전에 내가 그 존재를 잊어버리지 말았어야 했다. 내 잘못이다. 생중계 카운트 다운 할 때 크루아상을 미리 챙겨 왔어야 했다. 아예 냉장고에 두지 말고 컴퓨터 데스크 위에 두었다면 내 크루아상을 잃어 버리는 일은 없었을 것이다. 내 실수다. 차라리 그전에 엄마 말처럼 맛난 것부터 먼저 챙겨 먹었어야 했다. 내 판단 착오다. 결국 나의 크루아상 사수를 위한 모든 노력이 연기처럼 사라져버렸다. 이건 단순한 실종사건이 아니다. 나에겐 너무도 큰 사건이다. 때마침 밖에서 쓰레기 분리수거를 하고 돌아온 엄마에게 물었다.

"엄마, 냉장고에 있던 내 크루아상 못 봤어? "

"크루아상? 모르겠는데 무슨 크루아상?"

"먹고 싶으면 나중에 사줄게."라고 엄마는 귀찮은 듯 대답하시고 방에 홀연히 들어가 버리셨다.

'엄마, 그건 그냥 나중에 사 먹을 수 있는 보통의 크루아상이 아니에요.'

'그건 '드래곤V2' 발사 생중계와 운명을 같이 할 나의 특별한 아몬드 크루아상이었어요.'

현재형이었던 크루아상의 존재가 과거형으로 변해 버린 지금, 난 언제쯤 크루아상이 없어졌는지 다시 한번 천천히 생각을 더듬어 갔다.

아몬드 크루아상을 찾아서

내 아몬드 크루아상을 찾기 위해서 난 초등학교 5학생년인 지금의 내가 아닌 명탐정 셜록으로 로그인하기로 했다. 만약 셜록이라면 지금 이 순간 사건이 발생하기 전 모든 순간들을 생각하면서 주변 물건들을 다시 한번 체크했을 것이다. 나는 셜록처럼 스스로에게 질문하고 답하기 시작했다.

'아침, 눈뜨자마자 열어본 냉장고엔 크루아상이 있었나?'

'분명 그때까지는 크루아상이 냉장고에 있었다. 비록 눈으로 확인은 못했지만 있었던 것 같다.'

그럼 다음 질문으로

'그 후부터 지금까지 냉장고 문을 연 사람은 누구였지?'

'아빠를 제외한 가족이 모두 집에 있었으니 엄마, 형, 누나 모두들 한 번 이상 냉장고 문을 열었을 것이다. 그렇다면 냉장고 문을 열

어 본 엄마, 형, 누나 모두가 크루아상의 존재를 알아차렸을 것이다.'

'존재를 알았다면 누구의 것인지는 몰랐을까?'

모두 알았을 것이다. 크루아상의 포장지에는 우리 학교 로고가 들어가 있었다. 크루아상의 주인은 바로 나라는 것을 그들은 알았다. 모를 수가 없다.

그럼 먼저 포장지부터 찾아야 한다. 나는 포장지를 뜯은 방법과 포장지에 남은 것들을 보면 범인이 누군지 대충 짐작할 수 있다. 평소에 누나는 먹고 싶은 것 앞에 참을성이 없는 편이라 포장지를 막 뜯는다. 그리고 다 먹은 후에는 다시 포장지를 예쁘게 접어서 버린다. 형은 포장지를 마구 뜯고 그냥 그대로 아무렇게나 휙 버리고 엄마는 포장지가 찢어지지 않게 뜯어서 비교적 얌전한 형태로 버린다. 마지막으로 아빠는 무심한 듯 포장지를 뜯지만 마지막에 버릴 때는 포장지속 찌꺼기가 남지 않도록 제거 후 버리신다. 재활용까지 생각하시는 것이다. 역시 꼼꼼한 아빠다.

하지만 포장지는 엄마의 분리수거로 흔적조차 사라져 버린 후였다. 결정적인 증거가 사라진 것이다. 여기서 포기할 나셜록이 아니다. 범인은 반드시 내가 잡고 말 것이다. 명탐정 나셜록의 명예를 걸고서라도……

결정적인 증거가 사라졌다면 다른 단서든 뭐든 찾아야 한다. 집안을 샅샅이 둘러보며 단서를 찾아 추리를 하기 시작했다. 범인은 냉장고 안에서 차가워진 크루아상을 전자레인지에 살짝 데운 후 먹었을 수 있다. 만약 나였다면 전자레인지를 사용하지 않고 그냥 그대로 먹었을 테지만 다른 가족들이라면 전자레인지를 사용했을 가능성이 크다. 그럼, 전자레인지에 데우려고 접시를 썼을 것이고 썼던 그 흔적이 그릇에 남아 있을지 모른다. 여기서 "포장지 비닐째 크루아상을 전자레인지에 데울 수 있잖아."라고 생각하는 사람도 있을 것이다. 하지만 우리 가족들은 환경호르몬을 걱정해서 포장지 비닐째 전자레인지를 돌리지는 않는다는 것을 먼저 알아주기 바란다.

먼저 전자레인지 사용 여부를 시작으로 몇 가지 추리를 해보기로 했다.

첫 번째, 전자레인지 사용소리가 났었는지 기억을 더듬었다. 오늘 점심을 먹기 전 책상에서 수학 문제를 풀고 있을 때 분명 부엌에서 누군가가 전자레인지를 돌리는 소리를 들은 것 같다. 그때 아빠는 집에 없었고 엄마는 있었는지 모르겠다. 그 시간은 아침 먹기에는 늦었고 그렇다고 점심 먹기에는 조금 이른 시간이었으니 분명 이 시간에 일어나는 우리 형이나 누나 중 누가 간식이나 브런치를 먹으려고 전자레인지를 사용했을 것이다. 그럼 그때 전자레인지 소리가 크루아상이 데워진 소리였던가?

두 번째, 꽃무늬 접시는 가족 수에서 하나가 빠진 4개가 놓여져 있었다. 디저트용 접시를 사용한 사람이 있었는지 다시 한번 설거지통과 그릇 건조대를 확인하였다. 우리 집은 평소에 자주 쓰는 그릇은 가족 수 대로 꺼내서 그것만 사용한다. 특별히 손님이 오지 않으면 항상 쓰던 그릇만 쓰기 때문에 그릇 수만 봐도 누가 밥을 먹었거나 그릇을 방에 들고 들어가서 안 가지고 나왔는지 알 수 있다. 특히 누나가 자주 간식을 담은 접시를 방에 놓아두고는 깜빡 잊어버려서 엄마에게 혼난다. 얼른 그릇들을 한눈에 스캔해 봐도 평소 간식 같은 것을 담을 때 사용하는 꽃무늬 화려한 앞 접시 하나가 모자랐다. 분홍색 꽃무늬 앞접시였다. 앞접시도 모두 똑같은 것이 아니라 각각 색깔이 다르다. 같은 꽃무늬 바탕에 색깔만 다른 앞접시다. 그래서 각자 가족이 선호하는 색을 사용하는데 누나와 엄마는 분홍이나 빨간색 앞접시, 나는 하늘색 앞접시, 아빠와 형은 노란색이나 초록색 앞접시를 사용하시지만 때론 별 구분 없이 사용한다. 그날 점심때까지 보이지 않았던 분홍색 꽃무늬 앞접시가 늦은 오후가 되어서야 싱크대 위에 빈 접시로 덩그러니 놓여 있었다. 얼마나 깨끗이 먹었는지 아직 설거지 전인데도 눈으로 봐선 접시에 별다른 흔적이 보이지 않고 깨끗했다. 흔적 없이 남겨진 깨끗한 꽃무늬 앞접시에서 내가 찾을 수 있는 단서는 별로 없어 보였다. 하지만 나셜록은 여기서 단서 찾기를 멈출 수 없다.

세 번째, 범인은 접시 위 크루아상 부스러기를 두 번째 손가락을 눌러가는 스킬을 사용하여 마지막까지 하나의 부스러기도 남기지 않으며 맛을 음미했다. 나는 접시를 눈높이까지 들어 접시 표면을 샅샅이 훑어보고 손가락으로 빡빡 문질러 보았다. 미세하지만 음식에서 나온 기름기가 손가락에 묻어 나왔다. 접시를 코에 가져다 냄새도 맡았다. 버터 향이 났다. 분명 빵을 먹은 흔적이다. 누군가 이 접시로 빵을 먹었다면 먹는 동안 분명 접시 위로 빵 부스러기가 떨어졌을 것이다. 크루아상은 일반 식빵이나 크림빵, 단팥빵처럼 강력분으로 만드는 것이 아니라 케이크나 쿠키를 만드는 박력분으로 만들어서 식감 자체가 약간 바삭하고 부드러운 느낌이 난

다. 그래서 부스러기 하나 떨어뜨리지 않고 먹기는 정말 힘들다. 아니 불가능하다. 더욱이 아몬드 크루아상이 아닌가? 빵 부스러기에 아몬드 조각까지 한 입씩 베어 물 때마다 그 부스러기들이 우수수 떨어졌을 것이다. 그런데 접시 위에 부스러기가 하나도 없었다. 이건 분명 빵을 좋아하는 사람의 행동이다. 다 먹고 접시에 떨어진 부스러기까지 먹은 것이다. 우리가 요플레를 먹을 때 그 뚜껑에 묻어 있는 내용물을 핥아 먹는 것이 더 맛있고, 볶음요리를 먹을 때 다 먹은 후 남은 국물에 밥 볶아 먹는 게 더 맛있다는 걸 아는 사람이 하는 행동과 같다.

하지만 여기서 범인이 놓친 것이 하나 있다. 범인은 요플레 뚜껑을 핥는 것처럼 혓바닥으로 접시바닥을 핥은 것이 아니라 손가락을 사용해서 빵 부스러기를 먹었던 것이 분명했다. 내 아몬드 크루아상을 다 먹고 난 후 그 아쉬움에 접시에 떨어진 빵 부스러기랑 아몬드 조각까지 함께 두 번째 손가락을 사용해 꾹꾹 눌러가면서 부스러기 하나조차 남기지 않고 먹었다. 마지막 그 순간까지 바삭한 빵의 식감을 제대로 즐긴 것이다. 혀로 핥았다면 접시 바닥에 기름기조차 남아 있을 리가 없으니 손가락을 사용했을 걸로 짐작된다. 형이나 누나라면 접시를 혀로 핥았을 수 있지만 엄마나 아빠가 접시를 혀로 핥았을 것 같지는 않다. 그럼 범인은 엄마나 아빠 둘 중 하나? 그건 또 모를 일이다. 우리 엄마는 다른 건 몰라도 요플레 뚜껑은 혀로 핥는다. 내가 여러 번 본 적이 있다. 어릴 때부터 습관이라고 하셨다. 우리 집에서는 모든 요거트 류를 브랜드 종류 상관없이 그냥 요플레라고 부른다. 요플레는 1980년대 처음

나온 우리나라 최초 떠먹는 요구르트로 브랜드 이름인데 우리 엄마는 습관적으로 그냥 모든 요거트 류를 요플레라고 한다. 역시 습관은 무섭다. 그렇다면 손가락으로 꾹꾹 눌러 접시 위 빵 부스러기를 먹을 사람은 아빠밖에 없다는 결론이 나는데…… 아님 누나가 고상하게 먹으려고 이번에는 손가락을 사용한 걸까? 추리가 점점 미궁으로 빠져 들고 있다.

다섯 번째, 크루아상이 없어지기 전과 후의 냉장고 속 물건의 배치 구조가 달라졌다. 내가 어제 크루아상을 냉장고에 넣고 오늘 아침 냉장고를 열어볼 때까지는 냉장고 속 물건의 배치 구조에 큰 변화가 없었다. 9시에 일어난 나보다 더 일찍 일어난 사람은 아빠와 엄마밖에 없었다. 누나와 형은 그때까지 각자의 방에서 자고 있었다. 내가 오후에 크루아상이 생각나 다시 열어봤을 때 그릇들의 배치 자체가 바뀌었다. 아무리 봐도 집 안에 있는 누군가가 내 크루아상을 먹은 것이 확실했다. 내가 크루아상을 놓아둔 위치는 냉장고 두 번째 칸에 다른 사람이 보지 못하도록 큰 김치 통 뒤였다. 평소 김치를 꺼내는 엄마라면 모를까 우리 집에서 김치 통을 만지는 사람은 거의 없다. 애초에 크루아상이 쉽게 보이지 않게 김치 통 뒤쪽에 두었는데 그걸 발견했다면 평소에 냉장고 속을 샅샅이 뒤져서 먹을 걸 찾는 사람이거나 아님 엄마가 김치를 꺼내는 그 찰나에 안쪽에 놓인 크루아상을 매의 눈으로 발견한 사람이 아니고서야 절대 찾을 수 없는 위치다.

원래대로라면 내 아몬드 크루아상은 절대 발견이 될 수 없는 곳에서 신선함을 유지하면서 잘 지내고 있어야 한다. 그런데 범인은 그 크루아상을 찾아서 과감히 포장지를 뜯어 버리고 디저트 접시에 올려 전자레인지에 데우기까지 했다. 그리고 마지막 부스러기까지 손가락으로 꾹꾹 눌러 먹으며 철저히 자신의 범행을 감췄다.

마침내 나셜록은 범행 발생 시간(없어진 시간 추정), 범행 장소(감추어둔 장소 현장 조사), 그리고 사라진 기름기 묻은 분홍색 꽃무늬이자 기름기 묻은 접시(결정적인 증거물)까지 발견했다. 범인은 절대 완벽하게 숨길 수 없다. 범인은 무의식적으로 자신의 행동을 노출시킨다. 난 그걸 반드시 찾아내 아몬드 크루아상 실종사건의 범인을 잡고 말 것이다.

나는 일단 우리 가족 중 용의자를 추려 보기로 했다.

누나 – 빵을 무지하게 좋아한다. 빵순이라는 별명까지 가지고 있으니 냉장고 속 크루아상을 보고도 그냥 지나칠 누나가 아니다. 그리고 온종일 자기 방에 틀어박혀 있으면서 아무도 못 들어오게 하니 그 방에서 누나가 무엇을 하든 가족들은 전혀 모른다. 그래

서 누나 방이 범행에 적합한 장소이기도 하다. 모든 정황으로 볼 때 누나가 가장 의심스러운 첫 번째 용의자다.

엄마 – 거짓말하실 분은 아니지만, 오전에 엄마 친구분이 잠시 우리 집에 오셨는데 그때 혹시 모르고 그냥 내 크루아상을 꺼내서 대접했을 수도 있다. 혹시 그렇게 드시고선 아까 내가 물어봤을 땐 깜빡하고 크루아상 존재를 잊어버리실 수도 있다. 요즘 엄마는 뭐든 자주 깜빡깜빡 잊어버리신다. 그래서 엄마가 두 번째 용의자다.

형 – 고등학생이 되고 난 후부터 공부를 열심히 하고 있다. 말은 많지 않고 행동은 느리며 살짝 게으른 편이다. 하지만 일단 뭘 시작했다면 꾸준히는 한다. 사실 뭘 시작하기까지도 힘들다. 그냥 꾸준히만 한다. 잘한다는 말은 아니다. 형은 중학교 다닐 때까지 꾸준히 잘 놀았다. 웹툰도 꾸준히 PC게임도 꾸준히 그랬던 형이 지금 와서 공부를 꾸준히 잘할지는 의문이다. 요즘 공부에 대한 스트레스가 많은 만큼 당이 많이 필요하다며 간식을 유난히 더 많이 먹는다. 형은 아빠가 담배를 끊으시려고 은단(금연용으로 소비되는 은색 알약으로 화한 맛이 남)을 많이 드셨던 것처럼 본인은 웹툰과 PC게임의 유혹에서 벗어나려고 간식을 많이 먹는다고 말한다. 평소에 집착하던 나쁜 습관을 고치는 방법으로 아빠는 은단을, 형은 간식을 선택해서 집착했던 어떤 행위를 하려고 하는 순간에 그 대체품들을 이용해 습관적인 욕구를 지연시키는 효과가 있다는 것이다. 아무 생각 없이 들으면 형의 그 이유라는 것이 참 그럴

싸하게 들린다. 다른 한편으로는 혹시 형이 단순히 나를 골탕 먹이려고 내 크루아상을 몰래 먹은 건 아닐까? 라는 생각도 든다. 그게 무슨 이유였든 내 크루아상을 몰래 훔쳐 먹으면 안됐다. 아무튼 형은 세 번째로 유력한 용의자다.

아빠 – 금요일 저녁 밤늦게 집에 돌아오셨고 다음날 토요일 아침 일찍 나가셨는데 그사이 냉장고를 열어 내 크루아상을 드셨을까? 크루아상이 사라진 시간대와 아빠의 행적이 맞지 않지만 만약 애초에 내가 예측한 크루아상이 사라진 시간대가 틀렸다면 아빠도 용의자가 될 수 있다.

우리 가족 중에 분명 범인이 있다.

3장

누나

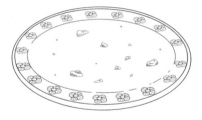

【 용의자 분석표_누나 】

이름 : 나예민(15세/여자/중2)

외모 : 키 161cm, 몸무게 약 48kg

신체적 특징 : 갸름한 얼굴형, 눈외꺼풀, 보통 코, 보통 체형, 단발머리

좋아하는 것 : 빵, 유튜브, 거울 보기

싫어하는 것 : 방 정리, 무서운 영화

취미/특기 : 빵집순례, 화장하기

성격 : 뻔뻔함, 까탈스러움, 집착

습관 : 손톱 물어뜯기, 손거울 들고 다니며 수시로 보기

〈인물 상세 분석표〉

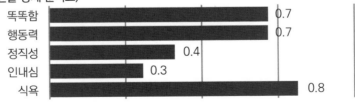

똑똑함	0.7
행동력	0.7
정직성	0.4
인내심	0.3
식욕	0.8

※ 최종 분석

나름 똑똑하고 재빠른 편이지만 인내심은 바닥이고 먹는 것에 욕심이 많음.

　우리 누나 별명은 '빵순이'이다. 나보다 3살 많다고 나를 완전 어린애 취급하며 훈계를 하고 자주 내게 성질을 부린다. 우리 누나를 잘 설명하려면 최근 몇 년간 누나의 행적을 이야기하는 편이 더 쉬울 것 같다.

　누나가 초등학교 6학년 때 일이다. 같은 반 장난끼 많은 남학생이 점심 급식에 딸려 나온 누나의 머핀을 뺏어 먹으려다가 둘이 몸싸움까지 한 적이 있다. 평소 누나의 성격으로 미루어 보아 누나가 눈앞에서 자기 것 특히 먹을 것을 빼앗기고도 가만히 지켜만 보고 있었을 리가 없다. 우리 집 둘째로 태어나 첫째인 형보다 부모님 관심을 많이 못 받고 막내인 나보다 부모님 사랑을 많이 못 받는 서러운 존재라며 평소에 노래를 불러대던 누나다. 매사에 악착같이 자기 몫을 챙기는 우리 누나가 집에서 하는 행동을 머핀 사건으로 싸운 그날 밖에서도 똑같이 했을 것이다. 내가 처음 엄마로부터 누나가 고작 머핀 하나 때문에 남학생이랑 몸싸움까지 했다는 이야기를 들었을 때 우리 누나라면 충분히 그러고도 남았을 거라 생각했다. 결정적으로 누나 별명이 빵순이가 된 이유는 이렇다. 작년에 누나가 중학교에 들어가서 처음으로 사귄 단짝 친구와 절교를 하고 돌아와서는 자기 방에 틀어박혀 울면서 주말 내내 빵만 먹은 사건 때문이다. 그때 누나 혼자 먹어 치운 빵의 양은 우리 다섯 식구 아침 토스트나 샌드위치 만들 식빵과 중간중간 먹을 간식용으로 총 일주일치 분량의 빵이었다.

위에서 소개한 사건 외에도 누나는 매우 많은 사건 사고들을 일으키며 살아왔다. 하지만 그런 우리 누나도 사족을 못 쓰는 게 있었으니 그것이 바로 빵이다. 우리 누나는 빵을 너무 심하게 좋아한다. 누나가 빵을 너무 심하게 좋아한다는 말의 의미는 누나를 볼 때마다 대부분 빵을 들고 있거나 먹고 있다는 뜻이다. 최근에는 자신이 다양한 빵집의 빵들을 분석하고 맛을 보는 동영상까지 만들어 유튜브에 올린 적도 있다. 그리고 누나는 나중에 대학생이 되면 세계 곳곳의 유명한 빵집을 도는 빵지 순례를 하겠다고 자주 이야기하곤 했다.

다시 본론으로 돌아가서 누가 봐도 누나가 내 아몬드 크루아상을 먹었을 가능성이 가장 크다. 내가 냉장고에 크루아상을 넣은 이후 계속 방에만 있었기에 그 틈을 타서 누나가 냉장고 속 내 크루아상을 발견하고 몰래 꺼내서 먹었을지도 모른다. 어쩌면 누나가 그날 유독 스트레스를 많이 받아 부엌에서 빵을 찾았는데 그게 하필 내 크루아상이었던 거다. 냉장고에서 발견한 내 아몬드 크루아상은 누나에게 있어서 누구 것인지 알 필요 없이 그냥 빨리 먹어야 할 빵이었을지도 모른다. "한번도 안 먹어 본 사람은 있어도 한번만 먹은 사람은 없다."라는 말처럼 "한번도 안 훔쳐 먹은 사람은 있어도 한번만 훔쳐 먹은 사람은 없다." 누나는 그전에도 종종 내가 소중히 냉장고에 넣어 둔 빵들을 훔쳐 먹은 적이 있다. 내가 맛있는 건 나중에 먹는다는 걸 안 누나는 자기 걸 먼저 먹고 마치 물을 가지러 냉장고에 가는 것처럼 하면서 내 것을 슬쩍 주머니에 넣어 자기 방으로 사라져 버린다. 그래서 나는 누나를 첫 번째 용의자이자 가장 유력한 용의자로 생각한다. 일단 먼저 나는 누나를 제외한 나머지 가족들에게 누나의 행적을 물어서 정리하기로 했다.

첫 번째로 먼저 엄마에게 가서 내 크루아상의 행방과 누나의 행적을 물어봤다. 엄마는 친구분과 전화 통화하고 외출하시느라 잘 모르겠다고 했다. 누나가 방에서 나온 적이 없는 건지 엄마가 누나가 나오는 것을 못 본 건지는 확실하지 않다. 내가 누나의 토요일 오전 오후 행적을 시간별로 더 자세히 물어보자 엄마는 약간 짜증까지 내며 귀찮아하셨다. 결국 엄마의 대답은 별로 도움이 되지 않았다.

두 번째로 형에게 가서 내 크루아상의 행방과 누나의 행적을 물었다. 형은 공식적으로는 공부하느라 바쁘고 비공식적으로는 여전히 게임이나 웹툰 보느라 무척 바쁘지만 그래도 엄마보다는 집에 더 오래 있었기에 누나에 대해 조금 더 많은 것을 알고 있을 것으로 생각했다. 하지만 형도 생각보다는 그렇게 많이 알지 못했다. 공부(?)에만 집중해야 하는 형은 식사 때, 화장실 갈 때, 그리고 간식을 챙길 때를 제외하고는 언제나 자기 방에만 있기에 누나가 냉장고에서 무엇을 꺼내는지 따위는 전혀 모른다고 했다. 하지만 누나 방에서 항상 뭔가 먹는 소리를 자주 들었다고 했다. 형의 방은 누나의 방 옆이라 얇은 벽 너머 누나 방의 소리가 비교적 잘 들린다. 형이 말하기를 누나가 점심때쯤 방에서 나와 무엇인가를 하다가 다시 방에 들어갔는데 그 후 계속 먹는 소리 같은 게 들렸고 형은 혹시 그게 크루아상인지는 모르겠다고 말했다. 전자레인지가 돌아가는 소리는 들렸지만 크루아상을 씹는 바삭한 소리는 듣지 못했다고 했다. 사실 아몬드 크루아상이 표면이 바삭하기는 하지만 그렇다고 스낵처럼 먹을 때마다 바삭바삭 씹는 소리가 나지는 않는다. 아무리 벽이 얇고 옆방인 누나 방에서 나는 소리가 잘 들린다고 해도 설마 크루아상 먹는 소리가 들렸을 리가 없을 텐데 형은 마치 그 소리를 들었을 수도 있었는데 아쉽게 못 들었다는 듯 이야기를 했다. 형은 이미 범인을 알고 있으면서 나에게 혼선을 주려고 하는 건지 아님 정말로 약간 멍청한 건지…… 아무튼 내가 보기에 앞으로 형이 열심히 공부를 한다고 해도 공부를 잘할 것 같지는 않다.

그리고 세 번째 마지막으로 나는 아빠에게 가서 냉장고 속 크루아상과 누나의 행적을 물어야 하는데 아빠는 토요일 아침에도 출근을 했다. 아빠는 아침 일찍 회사에 가시고 저녁 늦게 집으로 돌아오시기 때문에 아시는 게 없을 것 같다. 별로 도움이 될 것 같지 않지만 그래도 아빠가 돌아오면 물어봐야 한다. 어쩜 아빠에게서 의외의 결정적인 단서를 얻을 수도 있다. 만약에 생길 수 있는 1퍼센트의 가능성도 절대로 배제해선 안 된다.

혹시 그때 나와 형이 들은 전자레인지 돌아가는 소리가 정말로 누나가 크루아상을 데우는 소리였을지도 모른다. 아니면 형이 자기가 먹고 마치 다른 누군가 바로 누나가 먹은 것처럼 이야기했을 수도 있다. 참고로 전자레인지는 작동이 끝나면 띵~ 하는 소리와 함께 멈추기 때문에 어느 방에서도 주변만 조용하다면 들을 수 있다.

이제부터는 다른 사람의 증언 말고 직접적인 증거를 찾기 위해서 나서야 할 차례다. 나는 일단 접시를 다시 한번 살펴보고 싶었지만, 엄마가 이미 설거지를 해 버렸기 때문에 더 이상 확인할 수 없었다. 그래서 나는 누나가 친구들과 놀러 간 사이에 누나 방에 몰래 들어갔다. 내 아몬드 크루아상을 먹은 직접적인 범행 현장일 수 있기에 위험은 감수해야 했다. 평소 내가 자기 방에 들어가는 걸 절대적으로 싫어하는 누나이기에 나는 누나가 없는 틈을 타서 몰래 들어가야만 했다. 이럴 경우 사전 동의 없이 들어간 것이라 범행 증거로 채택이 안 될 수도 있다. 불법 수사이기 때문이다. 주인의 사전 동의 없이 몰래 주인 없는 방에 들어가는 것은 예의가 아니지만 그 방에서 결정적인 증거나 단서를 찾을 수 있다면 난 평소 나를 함부로 대하는 누나에게 예의를 지키지 않기로 했다. 과정이야 어찌됐던 범인만 찾을 수 있다면 나중에 누나에게 누나 방에 몰래 들어간 사실을 들킨다고 해도 난 그 모든 걸 감수할 수 있다.

누나 방에는 다양한 빵 레시피 책들이 많이 있다. 누나는 빵순이답게 빵을 먹는 것도 좋아하지만 스스로 만들어 보려고 몇 번 시도한 적이 있다. 물론 매번 실패를 했지만 그래도 꾸준히 시도하는 모습은 좋은 것 같다. 사실 꾸준히 시도만 했지 발전은 그다지 없었다. 형은 다양한 것을 꾸준히 했지만 누나는 빵에 관한 것만 꾸준히 시도했다. 인내심이라곤 없는 누나가 그래도 꾸준히 시도하는 것도 있네 싶을 정도의 꾸준히다. 실력이 좋아질 만큼은 절대 아니다. 내가 보기에 누나가 매번 제빵에 실패하는 이유가 이게 아닐까 싶다. 제빵은 한식처럼 간이 짜면 물을 더 붓고 싱거우면 소금을 더 넣는 식으로 되는 것이 아니라 계량과 시간의 과학이란 걸 우리 누나가 모르기 때문이다. 이게 바로 누나가 진정한 빵 덕후가 되지 못하고 그냥 빵순이에 머무는 이유이기도 하다.

나는 일단 지저분한 누나의 방에서 단서를 찾기 위해 주변을 관찰하기 시작했다. 방안의 냄새를 맡아보니 화장품 냄새도 나고 무슨 맛있는 빵 냄새도 나는 것 같기도 하고 방의 구석구석을 들추어 보며 빵 부스러기를 찾아다녔다. 마침내 자잘한 빵 부스러기와 건포도 조각을 발견했지만 크루아상에는 건포도가 없으니 누나가 건포도가 박힌 머핀 같은 것을 먹은 것 같다. 누나 방 쓰레기통에서도 크루아상을 담았던 비닐 포장지는 찾을 수 없었다. 내 아몬드 크루아상을 담은 비닐 포장지만 찾는다 해도 이 사건은 더 빨리 쉽게 풀릴 수도 있을 것 같은데, 아직까지 집 안 어디에서도 내 아몬드 크루아상을 담았던 비닐 포장지를 찾지 못했다.

난 내가 가져온 아몬드 크루아상의 비닐 포장지를 다른 빵 비닐 포장지와 구분을 할 수 있다. 평소 관찰력이 좋은 나는 학교에서 받는 간식 겉 포장지 상표나 그림을 유심히 본다. 그래서 학교에서 납품 받는 제과점 로고나 이름을 이미 알고 있다. 간혹 학교에서 나온 간식이 포장이 되어 있지 않거나 모양이 일률적이지 않으면 외부에서 사 온 것이 아니라 학교 급식 담당하시는 분이 직접 만드신 것이다. 하지만 그런 경우는 드물다. 그런데 얼마 전부터 어찌된 영문인지 학교에서 나눠주는 빵 포장지에 우리 학교 이름의 로고가 버젓이 박혀 있었다. 처음엔 학교 로고가 박힌 빵 포장지를 보자 난 우리 학교가 직접 빵을 만들었나 하고 생각을 했다. 나중에 들은 이야기이지만 그 빵은 외부제과점이 만들어 학교 로고가 박힌 포장지로 포장한 후 학교에 납품하는 방식의 생산이었다. 나중에 이렇게 맛있는 간식이 학교 로고가 박힌 깔끔한 포장지에 포장되어 나오면 집으로 가져와서 가족들에게 보여 줘야지 하고 생각했었다. 어제가 바로 그 날이었다. 하지만 처음 가져온 간식이 이런 실망스러운 실종사건이 되어 버릴 거라고는 전혀 생각하지 못했다.

나는 다시 내 방으로 돌아와서 생각을 정리했다. 누나 방 어디에도 크루아상의 흔적이 없는 것을 보니 누나가 깔끔하게 먹어 치웠거나 아니면 먹지 않았을 수도 있다는 생각이 들었다. 사실 우리 누나는 빵을 깔끔하게 먹어 치우고 증거를 인멸할 만큼 철두철미한 사람은 아니다. 머핀 먹은 흔적도 곳곳에 보란 듯이 있고 평소 깔끔한 척 외모는 엄청 신경 쓰면서도 방 청소와는 거리가 먼 행동을 하는 누나가 아닌가? 그리고 다시 생각해보니 다른 가족들은 몰라도 무엇보다 빵을 잘 알고 좋아하는 누나가 아몬드 크루아상을 전자레인지에 돌려 먹었다는 것도 조금 이상했다. 빵을 좋아한다면 적어도 아몬드 크루아상을 잘 안다면 아몬드 크루아상을 한입 베어 물었을 때의 그 아몬드의 바삭함과 겹겹 공기층이 주는 그 식감을 무시한 채 전자레인지에 돌려 아몬드 크루아상을 눅눅하게 만들지는 않을 것이다. 누가 아몬드 크루아상을 굳이 데워 먹겠다면 전자레인지에 10초 미만을 권장한다. 에어프라이어기 사용도 괜찮다. 아님 차라리 차가운 상태로 먹는 편이 낫다. 참고로 우리 집에는 에어프라이어기가 없다. 그렇다면 누나는 정말 내 아몬드 크루아상을 먹지 않았을까? 빵순이인 누나가 정말 아몬드 크루아상 먹는 방법을 몰랐을까? 아몬드의 바삭한 식감마저 포기한 채 전자레인지 행을 선택했을까? 아! 전자레인지 돌아가는 소리가 몇 초였는지, 아주 짧았는지 좀 길었는지? 형에게 물어보지 않았다. 다시 한번 전자레인지 사용 시간을 조사해야겠다. 사건을 파면 팔수록 단서는 꼬리에 꼬리를 물어 계속해서 나오는 것 같다.

4장

형

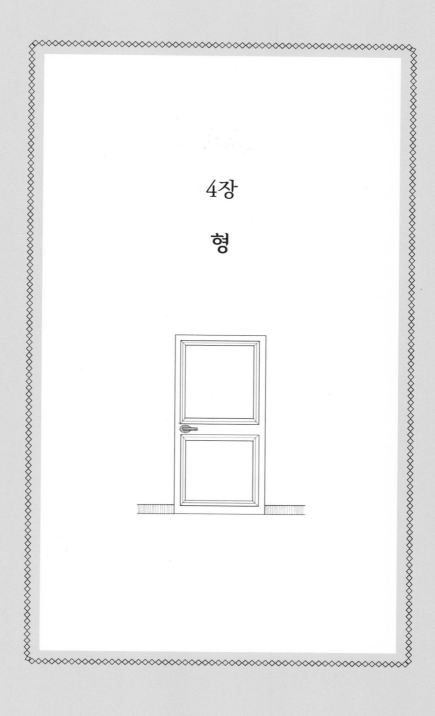

【 용의자 분석표_형 】

이름 : 나태한(17세/남자/고1)

외모 : 키 175cm, 몸무게 약 75kg

신체적 특징 : 약간 큰 얼굴형, 눈쌍꺼풀, 큰코, 통통한 체형, 어깨 약간 좁음

좋아하는 것 : 웹툰, 게임, 혼자 방에서 놀기

싫어하는 것 : 운동, 공부

취미/특기 : 밤새 웹툰 보고 게임하기

성격 : 순함, 약간 게으름

습관 : 물건 사용 후 뚜껑 안 닫음, 치약, 연고, 마시다 만 음료수, 반찬 뚜껑 등

〈인물 상세 분석표〉

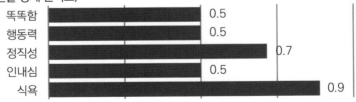

똑똑함	0.5
행동력	0.5
정직성	0.7
인내심	0.5
식욕	0.9

※ 최종 분석

조금 게으르고 인내심은 없지만 비교적 정직함, 식욕만 왕성함.

　요즘 우리 형은 항상 방에만 있다. 형은 원래 영화나 만화, 소설 책들을 좋아했는데 중학교 시절에 웹툰에 빠져 온통 웹툰과 함께 보내다가 결국 인문계 고등학교에 들어가지 못했다. 그 당시 웹툰 못지않게 PC게임도 큰 역할을 했었다. 지금은 실업고등학교에 다니면서도 좋은 대학을 목표로 방에만 처박혀 온종일 열공모드다. 나는 형이 정말로 공부만 하고 있다고 생각하지 않는다. 열공을 가장한 열게임이나 열웹툰일지도 모른다. 하지만 나를 제외한 우리 가족들은 그저 형의 말을 믿어 준다. 항상 방에서 자칭 열공을 하고 있다고 해서 내 용의선상에서 배제될 수는 없다. 형이 웹툰만큼이나 좋아하는 것이 바로 빵과 같은 디저트류이기 때문이다. 형은 그중에서도 특히 초콜릿이나 단 것을 좋아하는데 이유인즉슨 두뇌활동에 좋다고 한다. 형은 지극히 개인적인 단순한 기호에다가 너무나 그럴싸한 이유를 갖다 붙여서 상대가(특히 부모님) 듣기에 그럴싸하게 당위성을 부여한다. 이런 면에서 보면 형의 머리가 그렇게 나쁜 것만은 아닌 것 같아 보인다. 하지만 조금 더 깊게 생각해 보면 초콜릿과 같은 디저트 류는 그저 달고 맛있어서 좋은 것이고 그래서 먹게 되고 그러다 보니 그 단맛에 중독이 되는 것이지 머리가 좋아진다고 호두나 아몬드처럼 맛있는 간식을 매일 일정하게 먹는 사람은 우리 형 빼고는 없을 것이다. 실제로 우리 뇌가 필요로하는 당은 밥 한 공기로도 충분하다. 더 이해할 수 없는 건 우리 가족, 특히 부모님은 그런 형의 말을 믿는 것 같다. 그래서 엄마는 맛있는 간식이 있으면 형의 것을 꼭 먼저 챙긴다.

첫 번째 가정으로 그날은 형이 평소에 먹던 초콜릿이나 호두 같은 것이 아니라 오랜만에 아몬드까지 뿌리진 크루아상이라서 바로 본능적으로 손이 갔고 포장지 로고 따위는 볼 틈도 없이 당연히 엄마가 사둔 거라고 생각하고 내 아몬드 크루아상을 먹어 버렸을 수 있다는 생각이 들었다. 빵을 누나만큼 잘 알지 못하는 형은 아몬드 크루아상의 바삭한 식감은 전혀 고려하지 않은 채 전자레인지에 오래 돌려 눅눅해진 채로 먹었을지도 모른다. 범인이 반드시 빵에 대해 특히 아몬드 크루아상을 어떻게 먹는 게 더 맛있는지 잘 알고 있을 필요는 없다. 범인이 그저 먹는 데만 집착하는 형 같은 사람이라면 오히려 범행 증거를 여기 저기에 남겼을 수도 있다. 이것이 바로 서툰 초범자의 흔한 실수다.

두 번째 가정으로는 어쩌면 형을 먼저 생각하는 엄마가 형에게 냉장고에 있는 아몬드 크루아상을 가져다 줬을 수도 있다는 생각이 든다. 엄마가 건넨 아몬드 크루아상을 얼른 받아먹은 형은 내가 아몬드 크루아상을 찾고 있다는 것을 알고 시치미를 떼고 있을 수도 있다. 그렇다면 형이 더더욱 나의 질문에 협조할 이유가 없어진다. 형은 방에서 잘 나오지 않기 때문에 내가 형의 방에 들어가서 몰래 조사하기도 힘들다. 누나가 가장 의심스럽지만 명확한 증거가 아직은 없다. 그렇다고 누나가 모든 증거를 감출 만큼 철저하지도 않으니 좀 더 시간이 필요하다. 누나나 형 둘 다 범행 증거를 인멸할 만큼 완벽하지는 않다. 증거를 남겼다면 누가 더 많이 남길 수 있을까? 라고 생각해 보면 당연히 형 쪽이 더 증거를 많이 남겼을 것이다. 증거가 더 많이 나올 수 있을 것 같은 쪽을 먼저 확인해 보는 것도 문제를 빨리 해결할 수 있는 방법 중에 하나다. 만약 형에게서 범인의 정황을 찾지 못한다면 누나가 범인일 확률이 확연히 높아지지만 반대로 누나에게서 관련 정황을 찾지 못한다고 해서 누나가 범인이 아니라고는 할 수 없다. 쉽게 말하면 형 방에서 아몬드 크루아상을 가져간 증거를 단 하나도 못 찾아 형이 나의 용의선상에서 벗어날 수는 있지만 누나에게서 증거가 나오지 않아도 누나는 나의 용의선상에서 벗어날 수 없다. 그 이유인 즉, 누나는 완전 범죄를 꿈꾸는 증거 인멸을 할 수 있는 유력한 용의자이기 때문이다.

쉽게 설명한다고 했는데 더 어렵게 들릴지 모르겠다. 즉 형이 범인이 아니라면 증거가 없겠지만 누나는 범인이라고 해도 증거가 없을 수 있다는 말이다. 완벽하지는 않지만 적어도 누나가 형보다는 더 치밀하다. 일단 형에게서부터 먼저 증거를 찾으려면 형의 방에 들어가야 하는데 형을 방에서 끌어내기도 만만치 않다.

'그래! 머리를 쓰자.'

'엄마 심부름이라며 형을 밖으로 유인해 볼까?'

'아니면 요즘 아이들 사이에 유행하는 재미있는 웹툰 이야기해 준다며 슬그머니 형의 방으로 들어가서 방 안을 살펴볼까?'

갑자기 형을 방에서 끌어낼 좋은 아이디어가 떠올랐다. 엄마는 가끔 장을 보러 마트에 가실 때 형이나 나를 데려간다. 엄마가 나를 데려갈 때는 혼자 가기 심심하니까 같이 가자고 하시고, 형을 데려갈 때는 형이 방에만 처박혀 있으니 운동이 필요하다고 생각하셔서 가끔 형을 데려간다. 때마침 엄마가 마트에 가신다고 나서시니 형의 방을 조사할 절호의 기회가 온 것이다. 형을 무조건 방 밖으로 내보내야만 한다. 그래야 내가 형의 방을 한번 살펴볼 기회가 생긴다. 하지만 그런 기대도 잠시 형은 공부할 게 많다며 엄마와 함께 마트에 가자는 제안을 단칼에 거절했고 그런 형에게 엄마는 더 이상 함께 가자고 강요하지 않았다. 대신 엄마는 형이 아닌 나를 마트에 데려갔다. 계획은 실패다. 그래서 나는 형의 방에 들어가는 것을 다음 번으로 미루기로 했다. 그렇게 엄마를 따라서 간 마트에서 나는 한쪽 손만 카트에 올려놓은 채 머리는 온통 내 아몬드 크루아상을 먹은 범인만 생각하며 엄마를 따라다녔다. 그러다가 문득 이런 생각이 들었다. 혹시 내가 형을 의심하고 있는 것을 엄마가 눈치채고 형의 방에 들어가려는 나를 막고자 일부러 형이 아닌 나를 마트에 데리고 온 건 아닐까? 만약 그렇다면 엄마가 바로 형과 함께 공범이 된다.

나는 정확한 증거를 찾지 못해서 계속해서 정황만 가지고 추리해서 용의자를 찾을 수 밖에 없다. 그리고 내 크루아상을 훔친 범인이 한 명이라고 단정지을 수도 없다. 어쩌면 공범자는 둘 또는 셋도 될 수 있다. 단독 범행이 아닌 팀플레이를 한 걸지도 모른다.

5장

엄마

【 용의자 분석표_엄마 】

이름 : 김가정(45세/여자/주부)

외모 : 키 158cm, 몸무게 약 58kg

신체적 특징 : 둥근 얼굴형, 눈쌍꺼풀, 보통 코, 통통한 체형, 하체비만형,
　　　　　　　굵은 웨이브의 갈색염색머리

좋아하는 것 : 친구들과의 수다, 동네마트 가기, 맛있는 거 먹기

싫어하는 것 : 운동

취미/특기 : 요리, 쇼핑

성격 : 자유분방, 사교성 좋음, 덜렁댐

습관 : 요리하면서 전화통화, 건망증이 있으며 가끔씩 화를 잘 냄(갱년기 초기이신 듯)

〈인물 상세 분석표〉

똑똑함	0.6
행동력	0.6
정직성	0.7
인내심	0.5
식욕	0.7

※ 최종 분석

보통 수준의 지력(똑똑함)을 가지고 있지만 인내심이 좀 떨어지고 식탐이 약간
있음.

　우리 엄마는 성격이 굉장히 활달하시고 외향적이셔서 친구들과 어울리는 것을 무척 좋아하신다. 그래서 엄마는 친구들이랑 종일 나갔다가 돌아오거나 집으로 지인들을 종종 초대해서 맛있는 것을 해 먹고 수다를 떠시는 일도 많다. 엄마의 그런 성격이 때론 좋은 이유는 내가 하는 여러 잡다한 일에 딱히 뭐라 하시지 않고 특히 내 공부에 크게 관여하지 않아서 많은 시간을 내가 쓰고 싶은 대로 활용할 수 있다는 점이다. 가끔 오늘처럼 수학 문제 풀라고 잔소리는 하시지만 그건 형이 웹툰에 빠져 공부를 등한시해서 실업계 고등학교에 간 이후에 새로 생긴 잔소리일 뿐이다. 물론 엄마의 외향적이고 사교적인 성격이 때론 안 좋을 때도 있다. 엄마 친구 아들과 우리 삼남매가 비교당할 때이다. 소위 말하는 엄친아가 공부를 잘해서 시험 점수를 잘 받아 왔거나 뭐 상이라도 받은 날은 우리 집 반찬부터 나빠진다. 당연히 나빠진 반찬만큼 엄마의 기분도 좋지 않다. 그런 날은 밥에 반찬 두세 가지 정도만 있어도 다행이다. 아예 밥을 안 주신 날도 있다. 한번은 엄친아랑 형과 누나의 학교 중간·기말고사 점수차가 너무 많이 나서 우리더러 알아서 밥을 먹으라 하고 엄마는 식사 준비를 아예 하지 않으셨다. 그런 때 엄마 눈에 잘못 띄면 큰일이 난다. 밥을 먹지 않아도 배가 부를 만큼 엄마의 잔소리를 한 바가지 얻어먹게 된다. 그런 날이면 우리 삼 형제는 조용히 방에 있다가 엄마가 방에 들어가신 후 나와서 얼른 냉장고 속 아무 먹을 만한 것을 꺼내 들고 각자 방으로 사라지는 것이 상책이다. 마침 그때 다행히 아빠가 집에 있으면 우린 자장면이나 치킨 등 배달 음식을 먹을 수 있다. 우리는 밥을 못 먹는 건 아닐까 걱정하다가 아빠 찬스로 배달음식을 먹는 행운이 올 때도 있다. 가끔 먹는 별미인 배달음식이 이럴 땐 더 반갑게 느껴진다.

엄마가 혼자서 드시고 싶어서 내 아몬드 크루아상을 드시지는 않았을 테고 놀러 온 엄마 친구에게 주셨거나 형이 몰래 먹은 걸 알고도 모른 척 하신 것일 수도 있다. 만약 엄마 친구가 우리 집에 와서 접대할 음식이 필요했다 해도 냉장고에는 다른 빵들도 있고 과일도 있어서 굳이 우리 학교 로고가 박힌 내 크루아상을 친구에게 주지는 않았을 것 같다. 하지만 형이 먹었다면 이야기가 달라진다. 엄마는 형이 내 크루아상을 몰래 훔쳐 먹었다는 눈치를 채고도 내가 난리칠까 봐 모른 척하고 있을 수도 있다. 요즘 우리 집은 공부하는 형을 먼저 배려하는 게 암묵적인 룰이다. 엄마랑 마트에 갔을 때 엄마에게 꼬치꼬치 물어봤어야 했다.

"도대체 누가 내 크루아상을 먹은 거야? 엄마는 누군지 알고 있어?"

"그래 아무래도 형이 내 크루와상을 먹은 것 같아."

"역시 우리 집 빵순이 누나가 먹었을 거야."

"혹시 엄마가 먹은 건 아니지?"

"설마 아빠가 먹었을까?"

이런 많은 질문들을 하며 엄마의 표정과 반응을 살폈어야 했는데 막상 엄마랑 있을 때는 누나와 형 생각을 하느라 바보같이 질문을 하나도 하지 못했다. 지금이라도 가서 물어보려니 지난 번에 엄마가 내 질문에 무척 귀찮다는 듯이 "나중에 크루아상 하나 사줄게."라고 하신 말이 문득 생각났다. 또한 엄마가 저녁 준비하느라 바쁘신 것 같은데 물으러 갔다간 심부름을 시키시거나 잔소리만 잔뜩 하실 것 같았다. 혹시 콩나물이라도 다듬으라고 하면 괜히 나만 힘들게 콩나물을 다듬어야 한다. 엄마는 형과 누나에게는 공부하라고 사춘기라고 심부름도 집안일도 잘 안 시키고 나만 부려먹으신다. 그러다 엄친아 이야기라도 나오면 옆에 있던 나만 잔소리를 들어야 하니 차라리 엄마에게는 적당한 때를 봐서 더 상세히 묻는 편이 좋을 것 같다.

나는 용의선상에 놓인 용의자들을 색안경을 끼고 보거나 편파적인 유도심문을 해서는 안 된다. 어디까지나 중립적인 입장에서 명확한 증거를 바탕으로 범인을 색출해야 한다. 아직까지 명확한 증거는 없지만 심리적으로 더 기우는 쪽은 있다. 현재까지 명확한 증거보다 내 감과 촉이 선행하고 있다. 하지만 셜록이라면……

'아니야! 이러면 안 돼! 셜록이라면 확실한 증거를 찾기 전까지 어떤 섣부른 판단이나 결론을 내리지는 않았을 거야'

나는 심호흡을 몇 번 한 뒤 잠시 동안 정신을 가다듬고 다시 추리를 계속 이어가기로 했다.

6장

아빠

【 용의자 분석표_아빠 】

이름 : 나성실(48세/남자/회사원)

외모 : 키 184cm, 몸무게 약 75kg

신체적 특징 : 갸름한 얼굴형, 눈외꺼풀, 보통 코, 약간 마른 체형,

　　　　　　팔자걸음, 피곤한 얼굴

좋아하는 것 : 회사 일, 담배

싫어하는 것 : 멍때리기, 시간 낭비

취미/특기 : 담배 피우기, 별다른 취미 없음, 항상 회사 일만 하심

성격 : 자상하시고 꼼꼼하심

습관 : 책상 정리정돈, 물건 줄세우기

〈인물 상세 분석표〉

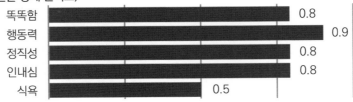

똑똑함	0.8
행동력	0.9
정직성	0.8
인내심	0.8
식욕	0.5

※ 최종 분석

영리한 머리로 정직하게 매사에 열심히 하는 스타일. 단 식욕이 없음.

우리 아빠는 항상 바쁘시다. 내가 우리 아빠에 대해 말할 때 항상 먼저 떠오르는 생각이다. 아빠는 언제나 회사일 하시느라 바쁜 사람이다. 그래서 나도 주말이 아니면 아빠 얼굴을 보기도 힘들다. 그런데도 나는 아빠의 습관, 목소리, 걸음걸이 등을 다 파악하고 있다. 저녁에 방에서 숙제를 하거나 놀고 있을 때 현관으로 들어오시는 아빠 발소리만 들어도 바로 아빠라는 것을 나는 알 수 있다. 나도 아빠도 걸을 때 약간 신발을 끄는 듯이 걸어서 발소리가 멀리에서도 잘 들리기 때문이다. 아빠는 48세에 키는 184cm(예전에는 186cm였는데 최근에는 키가 조금 줄었다고 한다.)이고 아직 머리카락이 많이 빠지진 않았다. 아빠는 40대가 되시고 머리카락이 조금씩 빠지기 시작해서 지금은 예전보다 머리숱이 많이 적어졌다고 걱정하지만 나는 아빠 머리가 대머리가 되어도 꽤 멋질 것 같다. 대머리가 되면 머리 감을 때도 편하고 머리카락 떨어

진다고 엄마에게 잔소리 안 들어도 되고 여름에는 시원하고 겨울
에는 모자를 쓰면 되는데 왜 걱정하시는지 모르겠다. 근데 탈모는
유전적인 영향이 크니 나도 나이 들면 아빠처럼 탈모가 시작되면
서 언젠가 대머리가 될 수 있다는 뜻인가? 갑자기 덜컥 겁이 났다.

아빠 취미는 담배 피우기(내가 제일 싫어하는 것)이다. 사실 회
사일 외에는 별다른 취미가 없으시다. 대표적인 습관으로는 물건
제자리 두기, 정리정돈이다. 아빠는 물건이 제자리에 없거나 아무
곳에 있는 걸 못 보신다. 집안 모든 물건이 자기 자리에서 줄 세워
져 있어야 한다. 좋은 습관처럼 보이지만 주위 사람들을 피곤하게
만든다. 난 자유롭게 굴러다니는 물건들을 보는 것이 편한데 아빠
는 줄 세워져 있는 물건들을 보는 것이 더 편한가 싶다. 그래도 다
행인 것이 우리들에게 줄 세우기를 강요하지는 않으신다. 목소리
는 굵고 말투는 상사나 높은 사람들 앞에서는 똑 부러지게 정확한
표준어로 말씀하시지만 가족이나 친한 사람들 앞에서는 그냥 편안
하게 대구 사투리를 구수하게 쓰신다. 걸음걸이로 말하자면 보폭
(내민 발 엄지발가락에서 다른 발 뒤꿈치까지 길이)은 약 64cm이
고 이렇게 말하면 나의 관찰력이 대단해 보이지만 실은 보통 사람
키의 약 3분의 1 정도가 보폭이라고 감안했을 때 아빠 보폭은 그
쯤 될 것으로 추정된다. 걸을 때는 왼쪽 다리에 체중이 조금 더 실
리게 걸으셔서 항상 왼쪽 신발 바닥이 더 많이 닳아 있다. 약간 팔
자걸음을 걸으신다. 다른 가족들에 대해 이야기할 때는 대부분 성
격에 대해서 이야기하고는 아빠에 관해 이야기할 때는 아빠의 성
격보다 겉모습 이야기가 많은 이유는 아빠는 항상 바빠서 우리랑

함께 하는 시간이 적다 보니 아빠의 명확한 성격을 알 수 없어서 외적으로 보이는 것만으로 아빠를 추측할 뿐이다.

여기까지 내가 우리 아빠에 대해 알고 있는 사실이고 본론으로 돌아가자면 내가 크루아상을 가져온 금요일도 아빠는 회사 일이 많아서 밤늦게 들어오셨다가 다음날 토요일 아침, 주말인데도 일찍 나가셨다. 나는 이번 주중에도 아빠 얼굴을 보지 못했다. 우리 가족 중에 내 아몬드 크루아상을 먹었을 확률이 가장 낮은 사람이 우리 아빠다. 사실 아빠가 집에 있었던 시간이 가장 짧았고 아빠가 한밤중에 들어오셨다가 아침 일찍 나가시면서 냉장고를 열어 내 아몬드 크루아상을 드셨을 가능성은 많이 낮다. 하지만 사건이 발생할 확률이 낮다고 해서 그 낮은 확률을 완전히 무시할 수는 없다. 자연계나 우리가 사는 사회에서는 모든 사람이 절대로 발생하지 않을 거라고 생각하는 아주 낮은 확률의 사건이 간혹 일어나기도 하고 오히려 그렇게 일어난 사건이 어마어마하게 더 큰 결과로 이어지기도 한다. 내가 좋아하는 작가 나심 니콜라스 탈레브의 〈블랙스완〉에 나오는 개념이다. 이것이 아빠가 내 크루아상을 먹었을 확률은 아주 낮지만 그렇다고 아빠를 용의선상에서 완전히 배제할 수는 없는 이유이다.

그런 이유로 난 아빠의 만에 하나의 행동까지 생각해야 한다. 충분히 일어날 가능성도 있고 범행을 저지를 동기도 지금은 모르지만 있을 수도 있다. 평소엔 냉장고도 잘 안 여시는 아빠가 그날 아침 일찍 회사 가시기 전에 냉장고를 열어 보셨을 수도 있고 우연히 발견한 크루아상을 아침 대용으로 들고 나가셨을 수도 있다.

그냥 아무 생각 없이 냉장고 안 크루아상을 무의식적으로 먹었을 수도 있고, 우리 학교 로고가 적인 포장지를 보시고도 이 빵을 내가 직접 만들어 온 빵인 줄 착각하시고 빵 만들어온 자식의 솜씨를 감탄하면서 드셨을 수도 있다. 상대가 아빠라 할지라도 끝까지 의심의 끈을 놓아서는 안 된다.

용의자 리스트에 오른 사람은 단 4명
용의자가 머물렀던 장소, 그 안에 남겨진 물건들….
그리고 그들의 알리바이 과연 누가 진짜 범인일까?

범행동기 : 평소 빵에 집착
알리바이 : 없음(방콕)
특이사항 : 방에 흩어진 빵 부스러기
범인일 확률 : 80~90%

범행동기 : 손님접대용?
알리바이 : 불확실(집 or 외출)
특이사항 : 범인을 알고도 보호 해 줄 수 있음
범인일 확률 : 50%

범행동기 : 평소 간식을 무척 즐김
알리바이 : 없음(방콕)
특이사항 : 뭐든 있으면 다 먹는 편임
범인일 확률 : 70%

범행동기 : 없음
알리바이 : 회사출근
특이사항 : 용의선상에서 완전히 배제될
확실한 이유도 없음
범인일 확률 : 10~20%

7장

범인은 바로……

〈아몬드 크루아상 실종사건〉 다시 한번 사건의 정황을 정리해보자. 나는 어제 학교에서 고이 들고 온 간식 '아몬드 크루아상'을 가지고 방 안으로 들어와 컴퓨터 모니터 앞에 앉았다. 금방 크루아상을 먹을 수 있을 거라 생각했지만 '드래곤V2' 발사까지 시간이 꽤나 소요되었고 난 애초 계획을 바꿔 잠시 냉장고에 크루아상을 보관하기로 했다. 그동안 아이스크림을 먹으며 '드래곤V2' 발사 준비 전 과정을 지켜보고 있다가 그만 '드래곤V2' 발사 카운트다운 순간에 먹으려 했던 크루아상의 존재 자체를 잊어버리고 말았다. 이튿날 오전까지 전날 밤의 '드래곤V2' 발사에서 헤어 나오지 못한 나는 오후가 되어서야 크루아상의 존재가 생각이 났고, 부엌으로 가 냉장고를 열어본 그때는 이미 늦었다. 내 아몬드 크루아상이 완전히 사라진 후였다.

크루아상이 집에 온 금요일 오후 2시부터 사라진 걸 알게 된 토요일 오후 2시까지 사이의 시간동안 내 크루아상이 납치 되었을 것이다. 모든 범죄는 그 흔적을 남긴다. 아주 미세한 것이라도 그걸 발견하는 순간 난 이 사건의 실마리를 찾아 해결할 수 있을 것이다. 왜냐면 내가 바로 명탐정 나셜록이기 때문이다.

첫 번째로 가장 유력한 용의자는 우리 집 빵순이 누나이다. 누나는 평소 빵에 대한 사랑과 집착 때문에 빵순이라는 별명으로 불리고 있다. 혹시 이런 연유로 누나를 첫 번째 용의자로 지목하고 의심한다고 오해할지 모르겠지만 객관적으로 추리해 봐도 누나가 사용한 듯한 분홍색 꽃무늬 앞접시가 싱크대에서 발견되지 않았는가. 단지 그 앞접시에 내 아몬드 크루아상을 담았다는 확실한 증거가 아직 없을 뿐이다. 여기서 크루아상을 그 접시 위에 담아 들고 다니는 누나를 본 목격자라도 있다면 확실해지는데, 먼저 접시의 구체적인 용도를 목격한 사람이 있는지 없는지 더 탐문을 해봐야겠다. 그래서 아직은 제일 유력한 용의자인 누나의 행보를 계속해서 쭉 관찰할 필요가 있다.

두 번째 용의자는 형이다. 형이 평소 단 것을 좋아하고 항상 혼자 방에서만 있는 행동으로 미루어 봐서 형은 내 크루아상을 먹고도 안 먹었다고 시치미 뗄 가능성이 높다. 실은 예전부터 형은 가끔씩 내 간식을 뺏어 먹었었다. 형이 학업스트레스로 인해 요즘 그 행동이 부쩍 늘기도 했다. 전적이 있는 용의자는 무의식적으로 그 행동을 반복하는 습관이 있다. 아마도 반복학습으로 배운 내 간식 뺏어 먹기가 형에게는 그렇게 큰 잘못으로 와닿지 않아서 전혀 죄책감이 없이 계속 하고 있는 것일지도 모른다.

세 번째 용의자는 엄마다. 만약 엄마가 내 크루아상을 먹지 않았다면 놀러 온 친구에게 줬거나 형에게 줬을 수도 있고 아니면 형이 먹은 것을 알고도 모른 채하고 있을 수도 있다. 그게 아니라면 정말로 엄마가 먹었을 수도 있다. 사람은 가끔 의외의 안 하던 행동을 할 때도 있지 않은가? 만약 범인이 엄마로 밝혀진다 해도 절대 엄마가 내 크루아상에 욕심이 나서 내 것을 뺏어 먹겠다는 의도로 먹은 건 아닐 것이다. 아무 생각 없이 무심코 내 크루아상을 드신 후 "아차" 하고 후회를 하셨을 수도 있다. 혹시 그래서 내가 엄마에게 크루아상에 대해 집요하게 물어뎔 때 마치 별일 아닌 듯 '나중에 하나 사줄게'라는 식으로 툭 던지듯 대답한 건지도 모른다. 자신의 범행을 축소 은폐하기 위한 의도였을까? 초등학생 막내아들의 간식을 몰래 훔쳐 먹은 엄마가 되는 건 엄마 본인이 생각해도 부끄러워서 그냥 적당히 어물쩍 넘어가려는 속셈이었을 수도 있다.

마지막으로 네 번째 용의자는 아빠다. 아빠가 범인일 확률은 가장 낮지만 그렇다고 아빠가 반드시 범인이 아니라고도 할 수 없다. 간혹 영화나 드라마 같은 것에서 보면 마지막 반전으로 의외의 인물이 범인일 때가 많지 않은가? 만약 아빠가 범인이라고 해도 난 별로 화가 날 것 같진 않다. 가끔 힘들게 일하시는 아빠가 외로워 보인다. 그런 아빠가 그냥 무심코 냉장고를 열었다가 내 아몬드 크루아상을 집어서 드셨다고 해도 뭐 그럴 수 있다고 생각한다. 설령 아빠가 의외의 범인으로 밝혀진다고 해도 그동안 힘들게 일하신 아빠는 정상 참작될 수 있다. 아빠라면 내 아몬드 크루아상을 먹었다고 말씀하셔도 고개를 끄덕이며 그럴 수도 있다고 양

보해 줄 수 있을 것 같다. 하지만 난 지금 범행 동기의 선악을 따지기보다 우선 범인부터 찾아야 한다.

이젠 이 사건의 최종 결론을 내려야 할 때가 온 것 같다. 용의선상에서 가장 의심되는 사람 순서대로 나열해 보면 누나, 형, 엄마, 아빠 순이 된다. 범인은 누나일 수도 있고 형일 수도 있고 엄마일 수도 있으며 아님 형과 엄마 둘 다일 수도 있고 의외로 아빠일 수도 있다. "뭐야? 다 범인이라고?"

"지금껏 사건을 조사하고 추리한 결과가 모두 범인이라는 거야?"

하고 화를 낼 독자도 있을 것이다. 아님 이미 범인이 누군지 짐작하고 있을 수도 있다. 하지만 아직 내 말이 다 끝나지 않았다. 다 범인이 될 수 있지만 그중에서도 난 바로 누나가 범인일 거라는 결론에 도달했다고 말하려던 참이었다. 모든 정황과 증거는 누나가 가장 범인에 가깝다고 말하고 있고 나는 처음부터 누나가 가장 먼저 의심이 갔고 평소 누나의 행동이나 여러 가지 정황 증거, 물적 증거 모든 것을 종합해 보았을 때 이젠 누나가 범인이라는 확신까지 든다.

'그래 누나다.'

'누나가 바로 범인이다.'

'내 아몬드 크루아상을 허락도 없이 맘대로 먹고도 시치미 떼고 아주 태연하게 있을 수 있는 사람은 바로 누나다.'

나는 범인이 누나라는 확신이 들자 갑자기 화가 나기 시작했다. 중2 사춘기 여학생이 뭐 대단한 거라고 매사에 누나는 이렇게 말했다.

"나 중2야."

"건들지 마."

"건들면 죽는다."

가족들 앞에서 항상 돈 터치 미(Don't touch me)를 외치며 잘난 척하더니 겨우 초등학생 동생의 빵이나 훔쳐 먹다니…… 이 사실을 누나에게 가서 직접 따져 볼까? 내가 아무리 누나보다 어리고 말발이 누나랑 싸워서 상대도 안 되지만 엄연히 내 크루아상을 훔쳐 먹은 사람은 누나고 난 피해자니깐 누나에게 당당히 보상을 요구하든지 아니면 사과라도 받아야 하지 않을까? 이젠 더 망설일 필요 따위는 없다. 진실 앞에서 당황할 누나 얼굴을 상상하니 난 오히려 기분이 좋아지기 시작했다.

나의 마음은 이미 확신에 차 있었지만 내 말을 뒷받침해 줄 확실한 물증이 전혀 없었다. 싱크대 위에 놓인 분홍색 꽃무늬 접시는 증거로 너무 빈약했다. 지금 당장 누나 방에 쳐들어가서 누나에게 직접 내 아몬드 크루아상을 먹었는지 물어보면 누나는 분명히 시치미를 뗄 것이다. 둘이 있을 때 이런 대화를 하면 누나는 오히려 큰소리로 화를 낼 것이다. 아무래도 저녁에 가족들이 모여 식사하는 자리에서 자연스럽게 누나에게 유도신문을 한 후 누나가 본인 입으로 크루아상을 먹었다고 직접 실토하게 만드는 것이 더 나을 것 같다. 저녁 식사 도중 가족들 모두 앞에서 누나의 내 아몬드 크루아상 절도 사실의 자백을 받게 된다면 누나는 부모님께 혼이 날 것이고 더는 내 물건을 함부로 가져가거나 먹는 일도 없을 뿐더러 앞으로 내가 누나보다 어리다는 이유만으로 나를 깔보거나 함부로 대하지 못할 것이다.

드디어 나셜록이 실력을 발휘할 시간이 되었다. 누나의 민낯을 파헤쳐 이 사건을 결론지을 시간이 다가온 것이다. 토요일 저녁 우리 가족은 모두 저녁 식사를 하기 위해 식탁 앞에 앉았다. 주말인데도 출근하셨던 아빠가 오늘은 일찍 돌아오셔서 오랜만에 우리 가족 모두가 같은 시간에 식탁 앞에 함께 앉을 수 있게 되었다. 누나는 조금 전까지 거울을 보고 있다가 나온 것을 누가 봐도 알 수 있게 앞머리에는 대왕 헤어 롤러를 두 개나 말고 한 손에는 손거울까지 들고 나와서 식탁 앞에 앉았다. 오늘은 그나마 눈에 쌍꺼풀 테이프를 붙이고 있지 않아서 좀 낫지만, 며칠 전에 누나는 앞머리에는 대왕 헤어 롤러, 눈에는 쌍꺼풀 테이프, 거기에다가 어깨에는 여행용 목 베개까지 걸치고 나와 밥을 먹었었다. 지금 웃고 있는 누나가 조만간 나의 집요한 질문 폭격에 당황스러워하며 자신의 범행을 자백할 것을 상상하니 난 속으로 웃음이 나왔다. 난 애써 자연스럽게 행동하려고 태연한 척 엄마가 해준 반찬 이야기를 하며 아빠와 대화를 나누었다. 그리고 형에게 친절하게 물컵을 건넸고 엄마가 마지막으로 식탁자리에 앉았다.

본격적인 질문에 들어 가기 전에 나는 가족들의 상태를 살폈다. 먼저 분산된 가족들의 시선을 모으고, 조용한 분위기를 만들어야 했다. 만약 식사 시간 전 어수선한 분위기에서 누나에게 바로 직설적으로 묻는다면 누나는 분명 일단 시치미를 떼고 화려한 말발로 나를 공격한 후 모든 것을 누나에게 유리하게 만들어서 내가 괜한 사람 누명 씌운 것처럼 상황을 반전시킬 수도 있다.

그래서 내가 먼저 치밀한 계획을 세워 누나를 피할 수 없는 코너로 몰고 가야 한다. 식사가 시작되면 엄마에게 먼저 내 아몬드 크루아상의 행방을 다시 물어볼 것이다. 그때는 내가 먼저 크루아상을 가져온 경유와 모양 그대로 가져오려고 애쓴 노력들을 하나하나 이야기할 것이고 그걸 둔 냉장고 위치까지 말을 하면서 엄마나 아빠의 안타까운 마음을 자아낼 것이다. 그리고 난 다음에 누나에게 질문할 생각이다.

자. 이제부터다.

식구들이 밥을 한두 숟가락 먹기 시작하자 나는 자연스럽게 엄마에게 질문을 했다. 내가 미리 준비한 아몬드 크루아상 스토리가 끝날 무렵 엄마의 반전 대답이 훅 들어왔다.

"넌 또 그 크루아상 타령이니?"

"낮에도 묻더니, 아까 저녁 식사 준비하면서 냉장고에서 재료를 찾다 보니 냉장고 안쪽 구석에 찌그러진 빵 봉지가 하나가 있던 것 같던데 혹시 그거 아니니?"

난 화들짝 놀라서 다시 엄마를 바라보며 물었다.

"뭐?"

"냉장고 안쪽 구석에 찌그러진 빵 봉지라고?"

순간 내 양쪽 귀를 의심했고 놀라움에 머리 속이 하얘졌다.

나는 얼른 자리에서 일어나 냉장고 문을 열고 다른 식재료와 반찬 그릇 등을 헤집으며 빵 봉지를 찾기 시작했다. 몇 개의 반찬 통을 한쪽으로 밀어 놓고 마지막으로 큰 김치 통을 두 손으로 끙끙대며 냉장고 속에서 꺼냈다. 정말로 안쪽 깊숙이 구석에 모양이 찌그러져서 더는 크루아상의 형태가 아닌 마치 갈색 떡 같은 것이 하나 냉장고 구석탱이에 붙어 있었다. 그것은 바로 내가 어제 학교에서 받아서 그 모양이 찌그러질까 고이고이 두 손에 받쳐 들고 집까지 걸어온 후 바로 냉장고에 넣어두었던 내 아몬드 크루아상이었다.

"아! 저게 설마 내 아몬드 크루아상이라고?"

"고이 간직한 내 아몬드 크루아상이 떡이 되어버렸다니…… 말도 안 돼."

초승달 모양의 바삭한 내 아몬드 크루아상이 넙대대한 노란 시루떡으로 변한 채 냉장고 안쪽 구석탱이에서 차갑게 발견되었다.

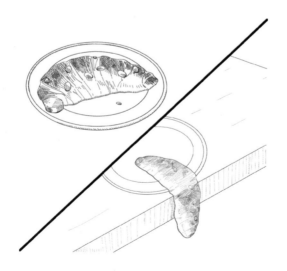

난 너무 놀라서 더 이상 말이 나오지 않았다. 아마도 누군가가 냉장고에 물건을 넣을 때 그냥 막 넣어서 내 아몬드 크루아상이

안으로 계속 밀려 들어 갔고 결국 냉장고 안쪽 벽에 붙어 찌그러진 것 같다.

내 아몬드 크루아상은 그렇게 누군가에 의해 떡이 되어 온갖 반찬 냄새까지 잔뜩 머금고 쓸쓸히 냉장고 구석에서 홀로 시간을 보낸 것이다. 조금씩 조금씩 그 형태가 변해 가면서 얼마나 날 원망했을까? 나는 한참이나 멍하니 식탁 앞에서 앉아 있었다. 다른 식구들은 아무렇지 않게 식탁에서 저녁식사를 하고 있었고 누나는 그런 나를 보고 가소롭다는 듯 비웃고 있었다.

결국 범인은 잡지 못한 채로 찌그러진 내 아몬드 크루아상을 발견하고 나서야 이번 〈아몬드 크루아상 실종사건〉은 종결되었다.

"하지만 나의 추리는 아직 끝나지 않았다."

이제부터 난 냉장고 속에 물건을 막 집어 넣어 초승달 모양의 나의 아몬드 크루아상을 넙대대한 노란 시루떡으로 만들어버린 바로 그 잔인한 행동의 주범을 찾아야 한다. 단서와 단서를 잇는 나의 추리와 범인 잡기는 이후에도 계속 ……

어느 시간여행자의
모험

　나는 이 책을 쓴 작가이자 이 시대를 살아가는 인류로서 지극
히 개인적인 내 경험을 후손들에게 남기고자 이 글을 집필하였다.
만약 이 글을 읽고 난 후 내가 하는 이야기가 여전히 믿기지 않는
다면 그저 가벼운 공상 과학 소설 한 편을 즐겁게 읽었다고 생각해
도 좋다. 이 책의 해석은 독자의 선택에 맡긴다.

　이 이야기는 나로부터 시작된다. 나는 어렸을 때부터 다양한
분야에 관심이 많았고 그중 생물학과 역사학을 가장 좋아했다. 훗
날 고생물학과 고고학을 전공하면서 현재 자문 고생물 및 고고학
자로 활동하고 있는 25살 청년이다. 자문 고생물 및 고고학자라는
직업은 새로운 개념의 직업으로 영국 드라마〈셜록〉에서 셜록이 자
문탐정이라는 직업을 만들어 본인에게 붙인 것처럼 이 직업 명칭
은 내가 만들어 나에게 붙인 직업이다. 그래서 현재 이 직업을 가
진 사람은 나밖에 없다.

나의 취미는 다양하다. 우선 독서와 옛 영화 감상하기로, 대부분 공상과학과 추리물을 좋아한다. 내가 좋아하는 소설책은 굉장히 많지만 그중에서 제일 좋아하는 것으로는 쥘 베른의 〈해저 2만리〉, 베르나르 베르베르의 〈개미〉, 아서 코난 도일의 〈셜록 홈즈〉를 꼽을 수 있다. 좋아하는 영화는 주로 SF인 〈백 투 더 퓨처〉와 〈쥬라기 공원〉, 〈2001 스페이스 오디세이〉가 있다. 그런데 전부 다 고전이다. 난 가끔씩 모험 소설책을 읽으며 우연히 발견한 고문서 속의 암호를 통해 지구 속을 여행하게 되는 주인공을 나 자신에게 투영해 보곤 한다. 그래서 언젠가 내가 '명탐정 셜록'이 되어 책 속의 암호를 풀어가고 〈해저 2만리〉의 '네모 선장'이나 〈백 투 더 퓨처〉의 '마티'가 되어 장엄한 모험을 떠나는 꿈을 꾼다.

이외에도 화석 및 유물 발굴하기, 활쏘기, 친구와 함께 다양한 주제로 열띤 토론하기를 즐긴다. 나와의 토론에 동참하는 이 친구에 대해서는 뒤에서 자세히 소개하도록 하겠다. 어릴 적 꿈에 그리던 집은 책이 잔뜩 꽂혀 있는 서재와 수납을 많이 할 수 있는 서랍장, 밤하늘이 잘 보이는 통유리 천장이 있는 집이었다. 나는 꿈의 집에서 독서를 하고 영화를 보며, 친구와 토론을 하는 그런 날을 자주 상상한다.

마지막으로 중요한 한 가지 사실이 있다.

나는 사실 2060년의 미래에서 왔다. 지금부터 독자 여러분들에게 내가 여기로 오게 된 사건의 시작부터 들려주겠다.

1장

모험의 시작

차 례

1. 음모
2. 소문
3. 진실
4. 기회
5. 선택
6. 이탈
7. 현재

배   경 : 2060년 지구, 2016년 지구 속 한국
등장인물 : 나(글쓴이이자 글의 주인공)
          친구(놀라운 능력과 예지력을 가진 인물)
          어린 수혁이(12살)

1. 음모

2060년의 지구엔 80%의 인류가 노화 없는 삶을 살고 있다. 인간에게 발생하는 질병의 97% 가량은 예방과 완치가 가능하고, 신체적인 노화와 쇠퇴는 더 이상 일어나지 않는다. 나이를 먹어 노인이 되더라도 신체나이는 중년의 수준에서 다들 머물러 있다. 단, 여기서 97%라는 숫자에 마냥 기뻐하면 안된다. 나머지 3%의 질병이 여전히 인간에게 너무 치명적이기 때문이다. 인간과 인공지능이 결합한 뉴로맨서 기술도 등장하면서 인간의 모든 장기기능과 체력은 자동적으로 관리되고 몸의 이상이 감지되면 자가 치유까지 된다. 그래서 우리가 알고 있던 병원과 요양원들은 거의 사라졌다. 그리고 마침내 인류는 화성에 성공적으로 정착했다. 지금 이 책을 읽는 독자들은 위에 적힌 2060년의 세 가지 성과만 보더라도 짧은 시간 동안 꽤 놀라운 발전을 한 지구에 감탄하고 있을 것이다.

하지만 언제나 발전 뒤에는 검은 그림자가 따르는 법, 2060년의 과학적 발전의 성과도 거대한 부산물을 남기게 되는데, 바로 지구는 사람들의 생존이 불가능할 정도로 환경이 오염돼 버렸다. 지구의 쓰레기는 더 이상 해결할 수 없을 만큼 쌓여 큰 도시를 이루었고 쓰레기만 쌓인 쓰레기 도시가 하나둘 생겨나기 시작했다. 또한 대기오염은 사람의 생명을 위협하는 심각한 수준에 이르게 되어 사람들은 정상적인 호흡을 할 수 없게 되자 반구 모양의 돔을 만들어 그 안에서만 호흡하며 생존하게 된다. 이제는 인간이 결국 그 돔에서 벗어날 수 없는 온실 속 생명체가 되어버린 것이다.

여기서 잠깐! 우리에겐 화성이 있지 않은가. 우리의 독자들은 다들 화성이라는 단어가 바로 머리에 떠올랐을 것이다. 만약 지구에서 생존이 힘들다면 화성 정착을 성공하였으니 다들 화성으로 이주하면 되지 않느냐고 물을 것이다. 하지만 안타깝게도 화성은 아직 지구 인구를 수용할 만한 공간도 없을 뿐더러 정상적인 거주가 가능하기까지는 약 백 년 이상의 시간이 더 걸린다는 것이 과학자들의 결론이다.

늘어난 인간의 수명과 범접할 수 없는 슈퍼 인공 지능이 생겨나면서 사람들의 생활권은 더 이상 보장받기가 힘들어졌다. 직업 자체가 필요 없어지자, 인간의 성장과 발전은 옛 책에서나 존재할 뿐 더 이상 아무도 관심이 없다. 사람들은 단지 생존을 위한 소비만이 이루어지고 하루 종일 미디어가 만들어낸 정보와 게임 속에서 살아갔다. 인간은 지구의 구성원으로 그리고 잉여하는 동물로서, 자신의 인생에서 남아도는 시간을 허비만 하면서 점차 자신의 존재조차 무의미하게 살아가고 있었다.

그러다 어느 순간 사람들은 하나 둘 씩 뭔가 잘못되어 가고 있다고 느끼기 시작했고 이곳저곳에서 인생의 목표를 설정하고 도전하며 성장할 수 있었던 과거의 것들을 그리워하기 시작했다. 사람들이 이런 생각과 사유를 다시 하기 시작한 것도 어쩜 5년 전 그 일이 계기가 된 건 아닌지 조심스럽게 추측해 본다.

지금으로부터 정확히 5년 전, 2055년.

화성에 정착해 있는 과학자들로부터 급한 메시지가 지구에 전달되었다. 화성의 북극 얼음을 녹이는 과정에서 이상한 물체를 하나 발견했는데 그것이 마치 '보이저2'[1]처럼 생겼다는 것이다. 소식을 접한 지구에 있는 화성 정착 팀 과학자들은 놀라움을 감추지 못했고 그 이상한 물체에 대해 의심까지 생겨나기 시작했다. 어떻게 이미 20년 전에 연락이 끊기고 사라져 관측조차 되지 않았던 '보이저2'가 화성의 북극 얼음 속에서 발견되었는지 그들은 도무지 이해할 수가 없었던 것이다. 기존의 '보이저2'가 계획한 목적지에서 더 멀리 떨어진 곳, 전혀 엉뚱한 장소인 화성에서 발견되었다니 이건 말도 안 되었다. 과학자들의 의심과 의혹은 끊이지 않았고 꼬리와 꼬리를 무는 추측성 주장들이 난무했다. 이런 과학자들과 달리 일반 대중들은 사라졌던 '보이저2'를 발견했다는 뉴스를 접한 후 지구의 희망을 찾은 것처럼 더 열광하고 좋아했다.

'보이저2'는 2035년 이후부터는 더 이상의 교신도 관측도 할 수 없었다. 그렇게 우리는 이 탐사선을 잃어버렸고 그 원인조차 알 수 없었다. 단지 당시에는 '보이저2'가 항해 도중 소행성이나 우주 먼지 등에 의해서 기능이 정지된 것으로 추정된다는 NASA측이 발표한 보고서를 믿었고, 뉴스에서는 대대적으로 그걸 보도했다. 당시 발표 결과에 동의한 과학자들이 현재 화성 정착을 책임지는 과학자들로, 그들은 자신들이 내린 결론을 뒤집을 수 없다며

---

1 여기서 말하는 '보이저2'란 과거 인류의 우주에 대한 선망과 염원을 담은 골든 레코드 판을 실어 태양계 밖으로 보낸 탐사선으로 1977년도에 발사해 쏘아 올린 우주선이다. 실종되기 전까지 성공적인 지구밖 우주를 관찰해온 탐사선이었다.

그 물체가 '보이저2'라는 이야기는 터무니없는 추측이라 주장하며 모든 걸 부정했다.

"그 물체가 '보이저2'이다, '보이저2'가 아니다."라는 의견들이 분분한 틈을 타 일부 대중들 사이에서는 '보이저2'가 애초에 태양계 밖을 벗어난 적이 없었고 처음부터 화성에 떨어져 교신이 끊겨 버린 것일지도 모른다는 주장을 하는 사람들도 생겨났다.

'보이저2'를 둘러싼 여러 가지 의견과 음모론까지 분분한 가운데 화성에서 보내온 '보이저2'로 추정되는 물체가 지구에 도착했다. 다소 시간은 걸렸지만 과학자들의 꽤나 치밀한 분석을 거친 끝에 "이 물체가 바로 '보이저2'가 맞다."는 결론에 도달했다. 상태가 온전하지 않은 '보이저2'에 실린 골든 레코드판의 재생도 여러 번 시도했지만 안타깝게도 모두 실패했다. 그리고 레코드판 표면의 우라늄을 분석했더니 그 우라늄은 1977년 처음 우리가 쏘아 올린 그 당시 것이 아닌 이미 약 1350년이 흐른 것으로 분석 결과가 나왔다.

원래 골든 레코드판은 인류의 마지막을 담은 유산이 될지도 몰랐기에 지구와 인간에 대한 정보, 사진, 음악을 담은 것으로 일종의 상징적 의미가 강했다. 과학자들은 외계생명체가 만약에 이 레코드판을 발견하면 이것을 보낸 시기를 짐작할 수 있게 하기 위해서 레코드판의 한 우측 하단부에는 얇게 우라늄을 씌워 놓았다. 이 우라늄은 방사능 물질로 일정 기간이 지나면 방사능의 양이 반씩 줄어드는 반감기가 있다. 이 반감기는 원소에 따라 다르고 일정하기 때문에 레코드판의 표면에 씌워놓은 우라늄이 감소한 양을 측정하면 레코드판이 처음 만들어진 시기나 이 레코드판이 존재한 기간을 알 수 있는 것이다.

　그런데 과학자들이 그 레코드판 표면의 우라늄을 분석했더니 1977년에 보낸 '보이저2'가 2055년에 발견됐는데 이미 시간이 1350년이 흘렀다는 분석 결과가 나왔다. 분명 과학자들의 계산 착오일 거라고밖에 생각할 수 없는 결과였다. 연구에 참여한 과학자들에게도 '보이저2'가 돌아와 기뻐했던 대중들에게도 완전 충격적인 사실이었다. 1977년에 보낸 '보이저2'가 과거 지구에 사람들이 농사를 짓고 말을 타던 시절로 날아 갔다가 다시 화성으로 날아가서 얼음 속에 묻혔다는 것은 더욱 말이 되지 않는다. 그 때문에 사회적으로 약간의 파문이 일어났지만 NASA는 분석오류라는 시시한 발표로 이 사건을 재빨리 마무리지어 버렸다. 그 당시 나는 고작 19살 소년이었고 하루 종일 방안에서 어려운 수학문제를 풀며 공부에 매달려 있었다. 장차 내 앞에 펼쳐질 일들은 꿈에도 모른 채 말이다.

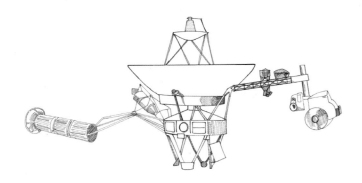

2. 소문

폭풍 전야엔 무성한 바람만 불어올 뿐이다. 그 바람은 마치 큰 사건이 벌어지기 전에 들려오는 소문들과 같다. 소문은 또 다른 소문을 만들어 내고 여기저기 들려오는 소문은 출처도 모른 채 눈덩이처럼 불어나기 시작한다. 이런 사건들은 소문과 함께 더 이상 건잡을 수 없이 몸집이 불어나게 되어 은밀히 진행되어도 결국 감출 수도 없는 지경에까지 이르게 된다. 반대로 어떤 사건들은 그 몸집과 상관없이 사람들의 관심 밖에서 끝까지 표면으로 드러나지 않는 경우도 있다. 이번 사건은 전자에 해당된다.

내가 20살이 되던 해에 미국 정부는 태평양의 한가운데에 해상기지를 세우고 바다에 버려진 쓰레기를 수거하여 처리하겠다는 계획을 발표했다. 사람들은 그 사실을 별로 달가워하지 않았다. 그 이유인즉, 쓰레기는 이미 한계치를 훨씬 넘었고 어차피 치워도 계속 쌓일 것이기에 미국 정부의 계획은 불필요한 인력과 자원낭비라 여겨졌기 때문이다. 일부 사람들은 정부 계획에 반대하는 시위를 하기도 했다. 하지만 미국 정부는 곳곳의 반대에도 불구하고 총 3단계에 걸쳐 쓰레기 수거 프로젝트를 실행할 것이라고 발표했다.

그 3단계 프로젝트는 각자의 계획 소요 시간이 달랐으며 아주 구체적으로 소개되었다.

1단계	태평양 한가운데에 해상기지(쓰레기 처리시설)를 짓는다. **예상 소요 시간 : 3년**
2단계	해류를 타고 떠도는 해상 쓰레기 섬과 쓰레기들을 차례차례 수거하여 정화 과정을 거친다. **예상 소요 시간 : 1년**
3단계	정화 과정을 거친 쓰레기들을 심해에 매립한다. **예상 소요 시간 : 6개월**

▶ **프로젝트 예상 소요 시간 : 총 4년 6개월**
▶ **프로젝트 예상 결과 : 바닷속 약 80%의 쓰레기 수거 가능**

처음부터 이 프로젝트에 대한 필요성을 느끼지 못했던 사람들은 미국 정부의 계획을 불신했으며 관심조차 가지지 않았고 그냥 시간이 흐르면서 사람들의 기억에서 이 프로젝트는 완전히 잊혀져 버렸다.

그 후로 어느덧 5년이란 시간이 흘렀다. 내가 만 24살이 되던 그날 아침 나는 여유롭게 커피를 마시며 책을 보고 있었다. 그런데 갑자기 정전이 됐다. 흐린 아침 날씨라 밖은 여전히 조금 어두웠고 아직은 전깃불이 필요한 그런 아침이었다. 정전이 조금은 불편했지만 미세한 아침빛에 나는 계속해서 책을 읽어 나갔다. 하지만 밖의 세상은 조금 달랐다. 갑작스러운 정전 탓에 신호등은 말썽이었고 차를 운전중인 운전자들은 오도 가도 못하는 상태가 되었다. 또한 그 사이 여기저기서 야단법석을 떠는 사람들도 많았다. 사람들에게 정전이란 사소한 일인 듯하면서도 또 절대로 사소하지 않은 일이 될 수 있기에 크고 작은 해프닝이 생기기도 했다. 2060년에도 정전이 일어난다고? 여전히 이런 정전이 2060년에도 도시에서 비일비재하게 일어난다면 믿어지겠는가? 전기 문제라면 특히 정전 문제는 2010년보다 50년이 지난 2060년에 더 자주 일어나는 현상이다. 달라진 점이라면 2060년을 살고 있는 사람들이 옛날 사람들보다 전자기기에 100% 의존하여 살기에 정전 사태에 대한 예민함은 더 극에 달하고 더 야단을 떤다. 하지만 난 정전에도 불안하지 않다. 아직은 전자기기 없는 여유로운 시간도 즐길 줄 안다. 다행히도 전기는 바로 들어왔고 사람들은 다시 자신의 생활로 돌아갔다.

정전 사태는 일단락되었지만 요즘 들어 부쩍 이런 사태가 자주 발생하고 있다. 이는 마침내 사람들이 우려할 수준에까지 이르게 되었다. 그리고 그 다음날 아침에 나의 호기심을 자극할 만한 뉴스가 보도 되었다. 그때 본 그 뉴스의 내용을 그대로 옮겨서 쓰자면 "하루 전 태평양 연안 지역에 발생한 정전의 근원지는 태평양 한가운데에 있는 해상기지에서 발생되는 매우 많은 양의 전자기파, 즉 EMP에 의한 영향입니다."라고 보도되었다. 뉴스를 들은 난 그 발생 원인이 이상하게 느껴졌다. 내 전문 분야가 전자기공학은 아니었지만 다양한 분야의 정보와 지식을 섭렵한 나로선 EMP가 해상기지에서 발생한다는 뉴스 정보가 전혀 논리에 맞지 않다는 생각이 들었다.

이 뉴스가 보도된 후 정전 원인에 대한 사실을 명백하게 밝혀달라는 사람들의 목소리가 커졌다. 그리고 사람들의 청원은 시간이 지나 수그러드는 것이 아니라 원하는 답을 들을 때까지 집요하게 정부에게 요구할 거라는 생각이 들었다. 왜 이런 대규모의 전자기파가 쓰레기 처리시설로 지어진 해양기지에서 발생했는지? 그렇다면 이건 정부가 말한 5년 전의 그 프로젝트가 원인이 아닌지? 사람들의 답변 요구가 점점 더 커지자 결국 정부는 긴급 기자회견을 열어 간단한 입장 발표만 하고 이 사태를 마무리했다. 정부는 이렇게 말했다.

> "국민 여러분, 정전 사태가 요즘 들어 자주 일어나고 있습니다. 그로 인한 피해 규모와 해결책은 정부에서 특별 전담반을 꾸려 다시 재조사에 착수하겠습니다. 다만 일부 보도에서 알려진 해상기지 관련 사실은 저희가 더 철저히 조사해서 진상규명을 하겠습니다. 그리고 그 원인규명에 다음 발표는 앞으로 2개월 후가 되겠습니다. 이상입니다."

입장 발표 후 더 이상의 질문을 받지 않고 어떤 응답도 거부했다.

정부의 입장 발표가 있었던 날 오후 나는 이 사건에 대해 내 친한 친구와 커피를 마시며 이야기를 나누었다. 이 친구의 이름은 편의상 '홍길동'으로 하겠다. 우리에게 익숙한 '홍길동'이란 이름은 수 백 년도 더 된 최초의 고전 한글소설(최근에도 조금 논란이 있긴 하지만) 〈홍길동전〉의 주인공 이름에서 따온 것이다. 〈홍길동전〉의 '홍길동'은 내 친구와는 시대적인 부분에서는 동떨어진 사람이지만 몇 가지 특징은 굉장히 유사하다고 할 수 있다. 〈홍길동전〉에서 '홍길동'은 분신술을 쓰고 다른 사람들에게 환상을 보이게 하거나, 텔레파시를 쓸 수 있는 등 다양하고 신기한 능력을 지닌 의적(현대로 보면 거의 슈퍼히어로나 다름없다.)이었다. '내 친구 홍길동' 역시 '의적 홍길동'처럼 동에 번쩍 서에 번쩍 다양한 분야에서 날아다니며 활약을 하는 그런 친구이다. 내 친구 홍길동은 세계 곳곳에 존재하는 음모론들을 연구하는 사람이다. 원래는 범죄수사계에서 이름을 날리다가 최근에는 해킹, 고문서 해독, 음모론 연구 등의 분야에서 크게 활약하고 있다. 사실 나랑은 크게 연결점이 없던 친구로 그저 서로 집이 가까워서 알게 되었고 우연히 만나 친하게 되었다. 나이는 나보다 5~6살쯤 많은 것 같은데 직접 물어본 적은 없다.

여하튼 길동은 보통사람들이 알고 있는 똑똑한 기준을 훨씬 뛰어 넘는 천재 중의 천재이자 암호 해독가이다. 그는 세계적인 암호가들 사이에서도 난제였던 '보이니치 필사본'을 해독하는 데 성공했다. (이 사실은 방금 전까지 나와 이 친구만 알고 있던 비밀이다. 이 친구가 얼마나 대단한지 독자들에게 이야기해 주고 싶어 우리 사이의 비밀을 잠깐 언급했다.)

나는 이번 사건에 대해서 길동에게 의견을 물었다. 그러자 그는 말없이 내가 보는 앞에서 '마법의 두루마리'(내가 붙여준 이름으로 얇은 두루마리같이 생겼지만 거의 슈퍼컴퓨터에 버금가는 성능을 자랑한다.)의 자판을 몇 번 두드리더니 나에게 갑자기 웬 흐린 곤충 사진들과 홀로그램들을 보여주었다. 슈퍼컴퓨터급 성능을 자랑하는 기기에서 보여지는 사진이 고작 흐릿한 곤충 사진 몇 장과 홀로그램이라서 실망이 컸던 나는 길동의 얼굴과 그가 보여준 사진들을 번갈아 쳐다보면서 잔뜩 물음표를 단 말투로 길동에게 다시 물었다.

"이게 뭔데?"

"아마도 네가 더 잘 알 것 같은데. 이 사진을 보고 느껴지는 거 없어?"

길동은 내 반응이 무척 재미있다는 듯 장난스럽게 대답했다. 자세히 보니 그것은 그저 고생대 페름기에나 살았을 법한 바퀴벌레의 사진이었다. 사진은 전체적으로 흐릿했고 무엇인가가 부족해 보이는 부분이 많았다. 나는 사실 예전에도 이런 비슷한 합성 사진들을 본 적이 있기에 길동이 왜 나에게 이 사진들을 보여주는지 그 의도가 더 궁금해졌다. 설마 이런 흐린 사진 속에 다른 숨은 메시지라도 있는 걸까?

시큰둥한 내 모습을 본 길동은 더욱 신나 하며 다른 사진들을 더 보여주었다. 스피노사우루스가 물 속에서 헤엄치는 모습, 떨어지는 운석과 공룡들, 불타는 황룡사지 9층 목탑, 괴베클리테페처럼 생긴 건축물을 세우는 사람들 등의 사진들이었다.

길동은 얼른 자신이 사진을 보여 주는 이유를 이야기해 주고 싶다는 눈빛으로 다시 나의 반응을 기다렸다. 하지만 나는 어떤 반응을 해야 할지 몰랐다. 나는 아무리 생각해 봐도 이해가 되지 않았다.

길동이 도대체 왜 이런 흐리고 허접한 사진들을 보여주는 것인지? 그리고 이런 사진들과 이번 사태, 정부의 발표까지 무슨 관계가 있는지? 나 또한 그의 대답에 갈증을 느끼며 길동을 쳐다보았다. 길동은 그제서야 살며시 웃으며 혼란스러운 지금의 내 모습이 이해가 간다는 눈빛으로 내가 놀라지 않도록 천천히 설명하기 시작했다.

"이 사진들은 미국 정부가 두 달 뒤에 공개하겠다는 정보의 일부야. 그리고 이 이미지들은 네가 더 잘 알겠지만, 그냥 이미지가 아니라 과거의 생물, 사건, 유적들의 이미지들이야. 자, 이제부터 잘 들어. 미국 정부는 지난 4년 6개월간 해양 쓰레기 수거 프로젝트라는 이름으로 전 세계의 물리학자들 그리고 공학자들과 비밀리에 연락하며 전혀 다른 프로젝트를 진행하고 있었어. 그리고 이 사진들로 유추한 내 결론은 바로 정부가 지난 5년 동안 시간여행을 준비하고 있었던 것 같아. 사진을 보면 시간여행이 아마 성공한 것 같기도 해. 이게 어제 정부의 발표문에 대한 내 의견이야. 어때?"

'어때 라니? 도대체 지금껏 이야기한 게 뭐야? 이 사진들은 뭐고, 또 정부가 준비한 게 시간여행이라니. 해양 쓰레기 수거 프로젝트와 시간여행이 무슨 상관이야. 아무리 암호 해독가이자 다방면에 천재소리를 듣는 친구이지만 이런 터무니없고 말도 안 되는 추측성 결론은 너무하잖아. 도대체……'

나는 순간 너무나 놀라 마음속 말들을 다 쏟아내며 따져 묻고 싶었지만 진정 내 입에선 그 어떤 말도 선뜻 나오지 않았다.

3. 진실

　어떤 독자들은 이 친구가 이토록 엄청난 비밀을 아무렇지도 않게 그냥 말하고 있다는 사실에 놀랄 것이다. 하지만 사람들은 평소에 타인이 하는 말은 별로 중요하게 생각하지 않고 잘 귀 기울여 듣지도 않는다. 자신의 이야기에만 빠져 타인의 이야기에는 관심이 없다. 설령 놀라운 사실이라도 이 말을 전달하는 사람이 아무렇지 않게 말하면 듣는 사람은 그 말의 무게감을 전혀 느끼지 못해서 아무렇지 않게 듣고 그냥 흘려버린다. 평소 난 길동을 신뢰했기에 대수롭지 않게 이런 말을 꺼낸 그의 의도가 절대 가볍지만은 않다는 것을 알고 있었다.

　사실, 지금 이 글을 읽고 있는 독자들보다 더 놀란 사람은 바로 나였다. 그때 내 표정의 변화를 나열하자면 놀람 → 의심 → 의문 → 다시 놀람 → 그리고 일부의 의심과 수긍이었다. 그리고 나는 머릿속에 드는 수많은 생각 중에서 하나의 질문이 떠올랐다.

　"왜 하필 이 흐린 사진들과 시간여행을 연관 짓는 거지?"

　길동은 내가 이 말을 입 밖으로 꺼내기도 전에 자기가 하던 말을 이어갔다.

　"잘 들어, 내가 5년 전 'NASA 보이저호 사건'에 대해 조사하면서 자료를 찾다가 어떤 과학자가 쓴 논문을 발견했어. 논문의 내용은 블랙홀을 인공적으로 만들 수 있는 이론에 관한 논문이었지. 논문을 접한 초반엔 나 또한 그 논문에 별 관심이 없었어. 그런데 논문 발표를 한 다음 날 그 논문을 쓴 과학자가 실종되었다는 사실을 최근에 알게 된 거야. 논문 발표와 함께 실종된 과학자…… 그래서 난 그 사건에 흥미가 생겼지. 내 나름대로 그의 행적을 추적해 본 결과 그 과학자의 실종 이후 그 논문에 대해 의견을 내놓은 다른 과학자들도 대부분 실종되었다는 충격적인 사실을 접했어. 나는 그때 직감했지. 분명 거대한 음모가 뒤에 숨어 있을 거라고. 그런데……"

"잠깐."

나는 얼른 길동의 긴 설명을 끊고 꼬리를 물던 질문의 물고를 먼저 틀었다.

"미안한데 그럼 미국 정부가 왜 타임머신을 몰래 개발하고 있었던 거지?"

"그리고 왜 그 다른 많은 황당한 것들 중에서도 하필이면 타임머신이지?"

나의 다그치는 듯한 질문에도 길동은 오히려 차분하게 자신의 대답을 이어갔다.

"첫째, '타임머신'이 아니라 '시간여행 프로젝트'가 맞는 말이야."

"둘째, '왜 하필이면 타임머신이야?'라는 질문은 내가 지금 틀리게 해석하고 있다는 말처럼 들리는데…… 아니면 미국 정부의 의도가 궁금한 거야?"

"둘 다야."

내 대답에 길동은 잠시 생각에 잠긴 듯하다가 말을 이어갔다.

"그럼, 다음주 화요일에 다시 만나서 이야기하자. 지금 내가 주는 이 카드를 가지고 화요일 새벽 4시에 우리 집으로 와. 그때는 너의 궁금증이 금방 해결될 거야."

길동은 만날 약속만 일방적으로 남겨둔 채 더 이상의 부가 설명을 하지 않고 그 자리를 떠났다.

나는 그날 뜬눈으로 밤을 새웠다. 머릿속에는 여전히 당혹감과 의구심이 사라지지 않은 채로 밤을 보냈다. 이런 공상 과학 소설 같은 이야기가 지금 현실로 이루어지고 있다니. 믿을 만한 친구가 이런 말을 나에게 남긴 채 홀연히 자리에서 떠났기에 더 혼란스러웠다. 타임머신, 시간여행 프로젝트, 정말 내가 꿈을 꾸나 싶기도 했지만 내 주머니 속의 카드(한쪽 면은 스페이드 에이스였고 다른 한 면에서는 우리 은하의 홀로그램이 보인다.)가 꿈은 아니라는 것을 보여주고 있었다. 그러다 문득 "과연 타임머신을 타고 과거로 가서 공룡의 실제 모습과 지금은 사라진 유적들을 볼 수 있을까?"라는 생각도 들었다. 그러면서 동시에 머리에는 길동이 보여준 사진 이미지들이 마구 떠올랐다. '정말 시간여행이 성공한 것일까?'라는 생각이 들자 어쩌면 우리보다 앞선 세대들이 알고 있던 그 어떤 것들보다 더 많은 것들을 알아낼 수 있을지 모른다는 생각이 머릿속에서 맴돌았다.

결국 나는 며칠 동안 집에만 있었다. 딱히 다른 일이 손에 잡히지 않아서 오랫동안 처박아 놓은 물리학 책들을 찾아서 읽어 보기 시작했다. 내가 이 와중에 하필 물리학 책을 읽는 이유를 설명해 주자면 이렇다. 이 세계는 뉴턴을 비롯한 과학자들의 고전물리학, 아인슈타인의 거시세계 이론인 상대성이론, 그리고 미시세계를 다루는 양자역학이라는 중요한 세가지 부품들이 서로 맞물려 돌아가는 하나의 시계와 같고 이 시계가 바로 우주이다. 그리고 과거로 가는 타임머신은 우주라는 이 시계의 규칙성과 기본 원리를 파괴하는 것이기 때문에 이론적으로 과거로 가는 것은 불가능하다. 때문에 나는 혹시라도 내가 알던게 틀렸는지 다시 확인하기 위해 물리학 책을 꺼내 들었다.

한참을 물리학 책을 읽다가 내가 어렸을 때 일기장에 적어 놓은 아이디어가 생각났다. 나는 어렸을 때 한때 물리학에 관심이 많아서 일기장에 관련된 것을 많이 적었던 것 같다. 그런데 지금 와서 다시 그 일기장을 봐도 내용이 이해가 잘 안 되는 부분이 있었다. 바로 시간여행에 대해 적힌 부분이다.

여기서 일기장의 일부를 여기서 소개한다.

2050년 10월 17일

오늘은 재미있는 옛날 영화 '어벤져스 앤드 게임'을 봤다. 그런데 나는 이 영화를 보면서 아주 멋진 생각이 떠올라 일기장에 적어 놓는다. 이 영화에서는 타임머신으로 과거에 가는 내용이 나온다. 나는 블랙홀이 명확히 구멍 모양인지는 모르겠지만 일단 블랙홀을 다른 평행우주로 갈 수 있는 차원의 구멍이라고 가정하고 두 가지의 아이디어를 떠올렸다.

블랙홀을 이용한 시간여행 방법(정확히는 평행우주여행)

1. 첫 번째, 지구의 대기나 거대한 입자가속기 속에서는 입자들의 충돌로 아주 짧은 시간 동안 지속되는 블랙홀이 생성되었다가 사라진다고 한다. 그래서 나는 이 블랙홀들을 암흑물질로 질량의 증가 없이 팽창시켜서 일정한 시간대의 평행우주로 넘어가는 구멍을 만들 수 있을지도 모른다고 생각했다.

2. 두 번째, 블랙홀이 구멍이라는 것은 블랙홀의 아주 큰 중력이라는 힘에 의해서 차원에 구멍이 생긴 것이라고 나는 해석했다. 그렇다면 꼭 중력이 아니라 다른 힘 즉 전자기력과 같은 우리가 아는 힘을 아주 많은 양을 공급해서 차원에 구멍을 뚫고 이를 유지하는 방법만 있으면 우리는 차원을 넘는 여행을 떠날 수 있을 것 같다.

일기를 이해하려고 애를 쓰다 보니 어느새 밤이 지나고 그리고 또 다시 며칠 밤이 지나 친구와 약속한 바로 전날 밤이 되었다. 여전히 어려웠지만, 얼추 내용을 이해했을 때쯤 내 머릿속에는 참 많은 생각이 들었다.

"어렸을 때의 나는 미래의 나에게 무슨 일이 일어날지 알기라도 했던 걸까?"

나는 친구가 준 카드를 손에 움켜 진 채 잠에 들었다. 그리고 꿈을 꾸었다. 내가 과거로 가 어릴 적 나를 만나는 꿈이었다.

4. 기회

나는 잠이 많다. 그래서 가끔은 잠 때문에 중요한 기회를 놓치기도 한다. 하지만 그날만큼은 평소의 잠 많은 내가 아니었다. 나는 정확히 새벽 3시에 침대에서 눈을 떴다. 친구가 준 카드는 하루도 빠짐없이 내 손에서 매일 같이 잠이 들었고, 오늘도 어김없이 내 손 안에서 나와 함께 새벽을 맞았다. 흥분한 마음을 가라앉히며 간단히 아침 식사를 하고 현관문을 열고 나가기 전에 다시 한번 친구가 준 카드를 확인한 후 더불어 얇은 책 한 권까지 챙겨 집을 나섰다.

길동은 우리 집에서 걸어서 10분 거리에 위치한 집에 살고 있었다. 그의 집은 건물 맨 꼭대기에 옥탑방 구조로 된 곳이어서 간혹 청명한 밤엔 별이 뚜렷이 보여 하늘을 관찰하기에 아주 좋았다. 하지만 낮에는 햇빛이 그대로 들어와 방이 꽤 더운 편이었다. 2045년부터 짓기 시작한 돔 도시는 직경이 약 1Km인 커다란 반구 모양의 벽 안쪽에 거의 같은 외관을 가진 집들이 촘촘히 붙어 있었다. 그리고 돔 안쪽 공간으로는 사람들이 살아가는데 필요한 다양한 부대 시설들이 마련되어 있었다. 도시 안은 생산활동을 하는 사람은 거의 볼 수 없었다. 정부는 소득 없는 국민들에게 기본 생활비를 지급하였으며 대부분의 사람들이 정부의 지원으로 소비를 하며 근근이 살아가고 있었다. 돔 형식의 도시들은 지상이 아닌 지하 통로가 서로 연결되어 이 도시 지하에서 저 도시 지하로

왕래를 하며 살아가고 있었다.

나는 10여분을 걸으면서도 그 시간이 마치 1시간처럼 느껴졌다. 나의 발걸음은 내 마음의 흥분됨을 따라가진 못했다. 마침내 길동의 집에 도착했다. 길동은 나를 보자 마자 카드를 보여 달라는 시늉을 했다. 그리고 내가 내민 카드를 보고 나서야 안심하는 표정을 짓더니 나에게 하와이에 갈 건데 같이 가자고 말했다. 나는 뜬금없는 길동의 하와이에 같이 가달라는 제안을 얼른 이해하지 못했지만 그냥 가겠다고 대답했다. 그리고 나와 길동은 진공 열차를 타고 약 두 시간이 걸리는 길을 나섰다.

나는 아무 말없는 길동 옆에서 계속 생기는 의구심과 질문들을 참아 가며 그가 먼저 말해 줄 것을 기다렸다. 그러다 나의 인내심은 간식 카트가 여러 번 지나가고 나서 바닥을 보였고 나는 그날 처음으로 그에게 제대로 된 질문을 던졌다.

"하와이에는 왜 가는 거야?"

"내가 지금 말해 줄 수 있는 건 도착하면 모든 것을 알게 될 것이라는 것 밖에는 없어."

"그럼 언제쯤 도착하는데?"

"정확히 47분 59초 후에 도착할 예정이야. 우리가 방금 마리아나 해구를 지났거든. 이제 47분 51초 남았어."

단호한 그의 거절에 난 더 이상 물어보지 않았다. 그리고 나는 남은 47분 51초동안 아침에 부족했던 잠을 보충하기 위해 눈을 감았다. 그렇게 기차 안에서 잠을 잤고 어느 소년과 부딪치는 이상한 꿈을 꾸다가 목적지 도착을 알리는 소리와 함께 잠에서 깼다.

　나는 길동과 기차에서 내려 길동이 이끄는 대로 일반 승객들이 나가는 출구 쪽이 아닌 구석진 방향으로 걸어갔다. 그리고 막다른 골목길에 들어서자 길동은 나에게 자기가 준 카드를 꺼내서 벽을 향해 보이라고 했다. 나는 스페이드 에이스가 그려진 카드를 꺼내 들었고 길동은 흑백 조커가 그려진 카드를 주머니에서 꺼내 들었다. 그러자 앞에 있던 벽이 모래가 되어 흘러내렸다. 놀란 것도 잠시 이내 내 눈앞에 많은 사람들이 모여 앉아 있는 모습이 들어왔다. 그 사람들은 모두 하나의 영상을 시청하고 있었다.

　나와 친구가 들어서자 조용했던 방안은 더 침묵에 싸였다. 우리는 그 침묵을 뚫고 들어가 바닥에서 자동으로 솟아오르는 의자에 앉았고 나는 어떤 설명도 듣지 못한 채 많은 사람들 속에서 함께 영상을 시청했다. 스피노사우루스가 헤엄치는 모습, 불타는 황룡사지 9층 목탑, 지구를 향해서 떨어지는 거대 운석 등 내가 이미 길동이를 통해서 여러 번 봤던 장면들이었다. 하지만 그 이미지는 전에 본 것들보다 훨씬 더 선명하고 소리도 명확했다. 영상이 끝나자 사람들 사이에서 웅성웅성하는 소리가 귓속으로 들려왔다. 그 사람 중에는 세계적으로 유명한 고고학계의 몇몇 학자들도 있었다. 사람들의 웅성거림이 잦아들자 가장 앞에 앉아 있던 한 사람이 일어나서 설명을 하기 시작했다. 이 사람을 난 편의상 P라고 칭하겠다. P가 과학자인지 프로젝트 진행자인지는 모르겠지만 우리들은 열심히 P의 설명을 듣기 시작했다.

　"5년 전 화성에서 '보이저2'가 발견되었다는 뉴스를 들어 보지 못한 분은 없을 거라 생각됩니다. NASA는 당시 화성에서 보내온 '보이저2'를 지금 이곳에 계시는 몇몇 분들을 포함한 전문가분들께 분석을 요청하였고 실제로 '보이저2'가 맞았음을 확인하였습니다. 저희는 더 신중한 판단을 위해서 일단 이 사건은 가짜로 판명되었다고 자체 마무리를 했습니다. 그리고 대중들의 관심이 거의 사라졌을 때부터 다시 분석을 진행했습니다. 그러자 알루미늄 보호케이스로 따로 밀폐되어 보관되어 있던 레코드 판을 제외한 다른 장치들에서 모두 아주 소량의 특이한 물질들을 검출해냈습니다. 또 저희는 레코드 판을 재생시키는 재생기를 비롯한 다른 모든 저장장치나 수신장치들이 어떤 강력한 자기장에 의해 회로가 모두 타버린 것을 알아냈습니다. 이러한 결과가 나타나는 이유를 찾다가 '보이저2'의 원자력 전지에서 방사능물질이 아닌 다른 게……"

한 지질학자가 갑자기 의문을 표했다.

"아니 그럼 왜 고장이 난 '보이저2'가 화성에 있었던 것입니까? 그리고 '보이저2'의 발견 당시 촬영된 영상을 봤는데 '보이저2'는 분명 화성의 북극 빙하 속에 묻혀 있었습니다. 어떻게 태양계를 떠난 탐사선이 화성의 얼음 속에서 발견된 것인지 설명해 주세요."

"그 질문에 대한 답은 해 드릴 수 없습니다. 저희가 말해 드릴 수 있는 것은 '보이저2'가 모종의 사고로 인해 과거, 아니 우리의 우주와 동일한 평행우주에서 과거의 화성으로 넘어 간 것이라고만 말씀드릴 수 있습니다. 그때 이후 저희 미국 정부는 평행우주 가설이 사실임을 확신하게 되었습니다. 그리고 정부는 이 평행우주로 가는 구멍을 뚫는 프로젝트를 진행하기로 하였습니다. 일단 안전을 위해서 태평양 한가운데에 수중발전소와 동시에 〈코스모스홀〉(전자기력을 이용하여 평행우주로 가는 차원에 구멍을 뚫는 기계) 제작에 3년이 걸렸습니다. 그리고 일주일 전 저희는 차원에 구멍을 뚫어 반대편 우주로 가는 몇차례에 거친 실험에 성공하였습니다. 하지만 실험 도중 대량의 전자기파가 발생했고 이로 인해 정전이 되었다는 뉴스기사까지 나와서 더는 비밀 프로젝트로 진행하기 어려워졌습니다. 그래서 저희는 대중에게 이 사실을 공개하려고 합니다. 공개 전에 미리 선발단으로서 이 여행에 참여할 분들을 찾았고, 참여 후보자들인 여러분들을 한 공간에 모시게 된 겁니다."

P의 말이 끝남과 동시에 다시 사람들의 웅성거림이 커졌다. 거기에 모인 모든 사람들이 P의 설명을 단번에 알아듣지는 못한 것 같은 분위기였다. 나 역시 이해하기 어려웠다. 순간 내 머릿속에선 많은 생각이 스쳐 지나갔다.

"타임머신이 아닌 평행우주라고?"

"그런데 왜 태평양 한가운데에서 그런 엄청난 실험을 한 거지?"

"그리고 또 차원에 구멍을 뚫는 의도가 뭐지?"

"차원에 구멍을 뚫는 것 자체가 정말로 가능하다는 말인가?"

" '보이저2'가 우리 우주에서 온 게 아니라면 도대체 어디서 왔다는 말이야?"

"그리고 이 사람들은 어떤 기준으로 모은 거지?" 등등

그리고 다시 P의 설명이 이어졌다.

"저희가 지금까지 설명한 것은 바로 이 프로젝트입니다."

"우선 이번 평행우주로의 차원이동 프로젝트에 참여하실 분들

께 다양한 카드를 전달하였습니다. 카드의 그림은 네 가지로 각자의 분야들이 다릅니다. 저희 프로젝트의 진행은 지금 보고 계시는 것처럼 0단계에서 3단계로 나뉘어져 있고 각 분야의 전문가들이 필요한 각 단계에 활동해 주셨으면 합니다. 그리고 최종 단계가 바로 우리 모두의 최종 목표입니다."

차원 이주 프로젝트 참여 연구진 :
1순위 : ♠ (고생물학자, 고고학자, 지질학자, 언어학자),
2순위 : ♦ (생물학자, 천문학자, 역사학자, 수학자),
3순위 : ♥ (기계공학자, 신소재공학자, 에너지공학자),
4순위 : ♣ (작가, 화가, 기자, 철학자)

프로젝트 단계별 파견 연구진의 활동 :
0단계 : 〈코스모스 홀〉을 개발하여 차원의 구멍을 뚫는다.
1단계 : 차원의 구멍을 뚫고 탐사로봇을 각 시대의 지구에 파견한다.
2단계 : ♠와♦를 먼저 파견하여 조사를 진행한다.
3단계 : ♥를 파견하여 비밀 시설을 마련하고 ♣를 보낸다.

최종단계이자 프로젝트의 최종 목표 :
안정적으로 정착할 수 있는 시대별 포인트가 정해지면 인구의 88%를 이주시킨다.

나는 그때서야 친구가 준 카드의 의미를 알았다. 여기 참석한 사람 숫자가 54명인 것과 조커를 포함한 트럼프 카드 수가 54장인 것은 과연 우연의 일치일까? 나는 이 계획에서 파견 우선순위 1위의 부류였던 것이다.

P의 긴 설명은 계속 되었다.

"방금 보여드린 영상들은 NASA에서 만든 극한지형 탐사용 캡슐로봇을 실제로 그 시대로 파견해서 찍은 것입니다. 보시는 것처럼 저희는 일단 로봇들을 파견해 수집한 정보를 전송받고 있습니다. 하지만 평행공간 속 차원에 구멍을 뚫기 위한 과정 자체에서 강력한 전자기파가 발생하기 때문에 다른 우주간의 상호 통신은 거의 불가능합니다. 그 문제를 해결하기 위해 이미 달의 코페르니쿠스 운석공에 모든 정보를 저장할 수 있도록 티타늄 합금과 납을 코팅한 거대한 컴퓨터들을 평행우주로 보냈습니다. 따라서 여러분들이 보낸 정보를 저희 쪽에선 받고 분석이 가능하나, 반대로 그곳에 계신 여러분들은 저희와의 접속이 일체 끊어집니다. 그리고 또 평행우주에서 '보이저2'가 날아온 사건으로 인해 이미 저쪽에 존재하는 우주는 여기 있는 우주와 다른 역사를 가지게 되었습니다.   따라서 아무리 조심해도 아무리 은밀하게 진행한다 해도 우리가 저 평행우주로 이주한 이상, 수많은 평행우주가 탄생하고 동시에 역사도 달라질 것입니다. 그래서 저희가 아무리 차원의 구멍을 다시 뚫어도 다시 돌아 오는 것은 불가능에 가깝습니다. 여러분들께서는 이미 저희 측 조커들과 먼저 접촉을 하고 대화를 나눈 뒤 이곳에 오셨을 겁니다. 여러분께서는 지금 이 자리에서 떠날지 말지 결정을 해 주셔야 합니다. 다시 돌아오지 못할 길을 떠나시게 되어 너무 고민이 되시는 분은 지금이라도 저희의 제안을 거절하셔도 됩니다. 하지만 거절과 동시에 다신 평행우주로 갈 수 있는 기회는 없을 겁니다."

P의 긴 설명이 끝났지만 자리에 앉아 있던 모든 프로젝트 참여 후보자들은 침묵과 동시에 오랫동안 깊은 생각에 잠겼다.

5. 선택

잠시 후, 한 물리학자가 오랜 침묵을 깨고 자리에서 일어나 말을 이어갔다.

"저는 사실 조커로부터 이 사실을 처음 들었을 때 이 계획의 윤리성에 대해 고민했습니다. 만약에 인간이 이 지구에 사는 게 너무나 힘들어서 어느 날 누군가로부터 우연찮은 기회를 얻어 실제로 이 어린아이의 거짓말 같은 설명과 방법으로 저 평행우주에 넘어간다고 칩시다(나는 이때 정말로 웃음이 나오는 것을 겨우 참았다.). 그럼 저 평행우주에 있는 지구의 생명체, 흔적, 그리고 사람들에게는 우리의 개입으로 인해 역사가 바뀔 겁니다. 그리고 우리는 앞으로 약 백 년 정도만 기다리면 정착할 수 있는 화성이라는 피난처를 마련하고 있습니다. 20년 뒤면 지구 인구의 1%가 이주

할 수 있을 만큼 준비가 되어 있단 말입니다. 그런데 굳이 이런 소모적인 발전 방식과 이동 계획으로 인류를 평행우주로 이주시킬 이유가 있습니까?"

그의 목소리는 떨렸지만 그의 질문은 흔들림 없이 명확했다. 역사를 보면 항상 그렇듯이 과학과 철학, 즉 과학의 윤리성은 언제나 고민이 필요했던 문제였다. 인류가 아직 달외에는 제대로 가본 적이 없는 시절 인류는 과연 그들이 다른 행성이나 위성(화성, 유로파, 가니메데, 타이탄과 같은 천체)에 가는 행동 그 자체로 있을지도 모르는 생명체의 발생 가능성을 없애는 것일지도 모른다는 고민을 해왔다. 하지만 결국 인류는 자신들의 행성인 지구의 운명이 불투명해지고 살기가 힘들어지자 화성의 지구화를 추진하기 시작했던 것이다. 인류는 자신이 더 중요하기에 자신외의 다른 것들에 대해서는 전혀 고려하지 않았다.

하지만 현재의 지구의 상황으로 봐서 이러한 대규모 프로젝트의 진행을 추진하기에는 어려웠을 텐데 분명 다른 어쩜 절박한 이유가 더 있을 것 같았다. 그런 면에서 저 물리학자의 질문은 정확한 핵심을 찔렀다.

P는 신중한 표정을 지으며 마침내 입을 열었다.

"저희도 이 프로젝트의 윤리성에 대해서 깊게 생각했습니다. 하지만 긴 회의를 거친 끝에 윤리성보다 인류의 급박한 생존이 더 중요하다는 결론을 내렸습니다. 저 다른 우주의 지구는 이 지구의 남은 인류를 받아들일 만큼의 여유가 있습니다. 하지만 지금의 우리에게는 더는 여유가 없습니다."

듣고 있던 또 다른 물리학자가 자신의 의견을 말하기 시작했다.

"하지만 아직 이 지구에도 희망이 있습니다. 지구가 더 이상 버티지 못하면 화성이나 다른 곳으로 계속 이동하면서 떠돌아다니더라도 그것은 과거 우리 인류가 경험해 온 행동이자 충분히 가능성이 있는 행동입니다. 같은 우주에서 다른 행성으로의 이주는 그 행성에 피해가 가는 생명체가 없는 전제하에서의 이동입니다. 그래서 그곳에서 실수가 있더라도 우리가 다시 이겨낼 수 있는 힘을 기르고 다시 다른 시도를 하면 됩니다. 하지만 다른 지구로의 차원이동이라면 우리의 실수로 인해 다른 지구에 존재하고 있는 인류에겐 어떤 피해가 갈지도 모릅니다. 방금 역사가 바뀐다고도 말씀하지 않았습니까? 만에 하나의 가능성으로 성공을 할 수도 있겠지만 실패를 하게 되어 돌이킬 수 없는 결과가 생겨도 안 됩니다. 고위험을 안고 이주했다가 생겨난 최악의 불행은 어떻게 해결하실 겁니까?"

P는 차분히 질문에 대한 대답을 이어갔다.

"우리는 머지않은 미래에 지금의 이 사회 시스템이 붕괴가 될 것이라는 걸 자각하고 있습니다. 그럼에도 불구하고 '어떻게든 되겠지' 라는 안일한 생각에 아무런 행동도 하지 않습니다. 그러다 걷잡을 수 없는 폭풍이 몰아쳤을 땐 잔 바람에도 쓰러지는 나약한 인간으로 혼돈 속에서 배고픔에 허덕이다가 결국 죽을 겁니다. 박사님의 뜻은 잘 압니다만 저희는 지금 우리가 살고 있는 인류가 우선이라고 생각합니다. 그래서 저는 현 인류가 멸망하느냐 그렇지 않느냐가 우리의 손에 달렸다고 생각합니다. 또한 화성은 해결책이 아니라 대비책이지 화성에 바로 사람들을 이주시킨다고 이런 문제가 해결 되지는 않습니다. 지금 저희에게는 더 이상의 이런 무의미한 논쟁을 할 시간적 여유가 없습니다. 박사님은 그저 이 계획이 무사히 성공하기 위해 앞장서시는 것과 이 지구에 남아 계속 의미 없는 고민을 하는 것 둘 중에서 한 가지를 선택하시면 됩니다.”

P의 답변에도 질문을 한 물리학자는 쉽게 설득되지 않았다. 이번에는 윤리적인 문제가 아닌 과학적인 문제를 꼬집었다.

“그럼 마지막으로 질문 하나 더 하겠습니다. 저 캡슐 로봇이 평행우주로 가는 이동에 이미 성공했다는 건 알겠습니다. 하지만 인간은 다릅니다. 인간이 평행우주로 이동 할 수 있을지는 아직 모릅니다. 인간은 저 로봇처럼 단순한 물질로만 이루어진 것이 아닌데, 인간의 신체로 어떻게 강력한 전자기파에 의해 생긴 구멍을 안전하게 통과할 수 있을 건지가 걱정스럽습니다. 통과 성공 확률은 얼마나 됩니까? 통과가 가능하다고 생각합니까?”

이번의 P의 대답은 더 간단명료했다.

“우려하신 그 문제는 저희도 우선적으로 고민했습니다. 그리고 이미 간단한 실험을 통해 가능하다고 입증도 됐습니다. 현재는 여러 연구진들을 포함한 우리 인류가 안전하게 평행우주로 넘어갈 수 있도록 필요한 모든 준비가 완료된 상태입니다. 그것 역시 이미 간단한 실험을 통해 성공했습니다.”

이후 그 물리학자는 끝끝내 프로젝트의 참여를 거부했고 몇몇 사람들이 같이 참여를 거부하면서 이 설명을 위한 모임은 예상외로 빠르게 끝났다. 나를 포함한 나머지 43명의 전문가들은 이번 프로젝트 참여에 동의하였고, 단체 사진을 함께 찍은 후 그 자리를 떠났다. P는 나흘 뒤에 있을 장대하고도 위대한 모험의 첫 시작을 위해 각자의 집으로 돌아가 간단한 자신의 짐을 꾸려서 다시 이곳에 모이면 된다고 말했다.

나는 어두웠던 방에서 나오자마자 길동을 붙잡고 따지기 시작했다.

"왜 나한테 제대로 설명 안 해줬어?"

"내가 설명하려고 했는데 네가 중간에 끼어들었잖아. 그리고 나는 내가 설명하는 것보다 네가 직접 듣고 판단하는 게 좋다고 생각했어. 그래서 설명은 어땠어?"

"어떻기는, 나만 아무것도 모른 채로 온 것 같아서 혼자서 잔뜩 긴장했잖아."

"미안. 그럼 이제 나흘 뒤면 다시는 못 보겠네."

"왜? 너는 안 가?"

"나는 여전히 지루한 윤리 문제가 아니어도 지금 살고 있는 이 지구가 더 마음에 들어. 한편으로 다른 지구에서의 나는 어떨지 궁금하기도 하고, 또 그곳에 재미난 구경거리를 못 보는 것과 여기에 네가 없다는 게 아쉬울 거야."

길동의 대답에 나는 그저 마음이 가볍지 못했다. 어쩌면 그는 내가 이런 생각을 하고 있다는 것을 알았는지도 모르겠다.

아마도 길동은 여기 오기 전부터 내가 이 프로젝트에 참가해서 곧 이 지구를 떠날 것을 미리 예상했었던 것 같기도 하다.

"그럼 가기 전에 내가 선물을 하나 줄게."

길동은 주머니에서 무엇인가를 주섬주섬 꺼냈다. 그의 손에는

작은 종이상자가 놓여 있었다

"자, 이거 받아. 다른 지구에 도착하면 풀어봐. 만약에 그러지 못해도 가서 꼭 풀어봐." 그와 집으로 돌아 오는 길에 서로 이번 프로젝트에 대해 많은 이야기를 나누었다. 오늘 하루가 마치 1년처럼 느껴졌다. 너무나도 많은 일이 일어났고 그래서 여러 가지 복잡한 감정들이 교차했다. 오늘 하루는 알지 못했던 충격적인 사실을 접했고 대단히 중요한 결단도 내려야만 했다. 그리고 친구와의 이별, 이곳과의 이별도 준비해야 한다고 생각하니 아쉬움에 순간 눈가에 눈물이 글썽거렸다.

"내가 과연 옳은 선택을 한 걸까?"라는 생각이 머리에서 계속 맴돌았다.

여행을 떠날 때면 드는 설렘과 기대감, 미지에 대한 두려움, 그리고 이 세계에 대해 아쉬움이 동시에 느껴졌다. 침대에 누워 있으면 조금 나을까 싶어 누워서 눈을 감아 보았지만 별 소용이 없었다. 그 상태로 얼마간의 시간이 지났는지 지금도 잘 기억이 안 난다. 주머니 속 카드에 온 '소지품은 1kg 미만까지만 지침 가능'이라는 공지를 확인했을 때는 이미 밤이었다. 나는 일어나서 집의 물건들을 정리하다가 내가 이틀 전에 읽다가 말고 펼쳐 둔 일기장을 발견했다. 나는 내가 읽은 부분을 덮고 다른 부분을 훑어 보았다. 이번 여행 때 가져갈 추억거리로 그럭저럭 괜찮다는 생각이 들었다. 그리고 다시 잠을 청했다. 이번에는 조금 뒤척이다가 이내 잠이 들었고 꿈까지 꿨다. 지금의 내가 어린 나를 만나는 꿈이었다.

6. 이탈

　여기까지 나의 이야기를 읽은 독자들에게 정말 대단하다고 말해 주고 싶다. 그리고 지금부턴 이 글을 쓰게 된 계기를 여러분께 들려주고자 한다.

　나는 여행을 떠나기 전날 다시 길동을 만났다. 우리는 마지막체스를 함께 하였고 그와의 작별인사를 끝으로 난 일기장을 넣은 작은 서류 가방을 들고 기차를 탔다. 이동하는 기차 안에서 아쉬움에 젖어 있는 것도 잠시, 또 다른 공지 하나가 내 카드 속에 떴다.

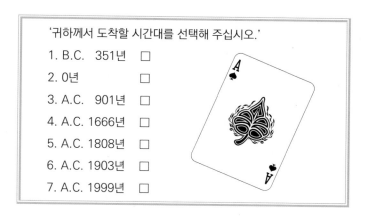

　독자 여러분도 한번 선택해 보면 좋을 것 같다.

　나는 그들의 질문이 아주 잠깐 동안 이해가 되지 않았다. 하지만 다시 생각해 보니 아주 중요한 걸 깨달은 기분이었다.

　"왜 시간대를 생각 못했지?"

나는 기차에 앉아서 한참이나 고민을 했다. 차라리 시간대를 내가 직접 숫자를 넣어 정할 수 있으면 좋겠지만 이렇게 제시된 년도에서 선택을 해야 하니 더 고민스러웠다.

사실 나는 고고학자이면서도 고생물학자이기에 0년이나 B.C. 351년이 정말 선택하고 싶은 시대이기도 했다. 하지만 난 더 다양한 경험을 하고 싶었다. 그래서 결국 나는 4번을 선택했다. 4번 1666년, 그땐 병자호란이 일어나고 30년 후이다. 나로선 단 한번밖에 없는 이 기회에 당시 1666년 조선의 모습을 눈에 담을 수 있고 그리고 다시 영국에 건너가 뉴턴을 만나서 함께 연구를 할 수 있는 1666년이 더 매력적으로 보였다. 1666년은 역사적으로도 매우 중요한 해인데 그 이유는 바로 뉴턴이 미적분, 만유인력을 발견하고 정리한 '기적의 해'이기 때문이다. 하지만 이번 여행을 떠나면서 생긴 아쉬움 중 하나가 바로 내년 2061년에 찾아온다는 핼리혜성을 못 보는 것이다. 그래서 1666년에 가면 약 16년 뒤인 1682년에 나타난 핼리혜성을 볼 수 있다는 사실을 인터넷에서 찾고 나서야 비로소 아쉬움이 사라지고 안도감이 느껴졌다.

목적지 하와이에 도착했다. 나는 선택번호 4번 1666년을 생각하면서 오는 내내 내가 겪을 머지않은 미래에 대한 상상을 했다. 기차역에서 목적지로 이동하면서도 그 상상은 계속 되었다. 가슴은 설렜고 흥분됐다. 마침내 목적지에 도착해서 익숙한 방으로 들어서니 지난번에 보지 못했던 엘리베이터가 방 가운데에 덩그러니 서 있었다. 난 무의식적으로 내려가는 버튼을 눌렀다. 아무런 일도 일어나지 않았다. 다시 버튼을 누르자 카드를 인식해달라는 문구가 엘리베이터 문에 표시되었다. 나는 문에 카드를 인식하였고 마침내 "안녕하세요. 시간여행자님."이라는 말과 함께 문이 열렸다.

엘리베이터 속의 공간은 말 그대로 한 사람이 들어갈 수 있는 아주 협소한 크기로 정팔면체의 캡슐처럼 생겼었다. 자세히 보니 의자와 안전벨트(?), 소지품을 넣을 공간, 작은 안내서를 제외하고는 특이한 것은 아무것도 없었다. 오히려 의문이 드는 부분은 "이게 엘리베이터인가?"라는 생각이었다. 하지만 나는 조금의 망설임 없이 바로 의자에 앉아 벨트를 맸다. 엘리베이터는 미동조차 없었다. 내 머릿속에는 혹시 또 나를 인도한 길동의 거대한 장난에 걸려든 건 아닐까 하는 생각도 들었다. 그때 캡슐의 전면이 닫혔고 엘리베이터는 예고도 없이 갑자기 급격한 속도로 하강하기 시작했다. 추락하는 것보다 더 빠른 속도로 말이다. 그 상태로 나는 약 8초간 겁에 질렸다. 결국 스파크가 튀기는 듯한 매우 큰 굉음을 듣는 순간부터 눈을 질끈 감았다.

잠시 뒤 난 귀가 멍한 느낌이 들었고 시간이 더 지나서는 아무 감각도 느껴지지 않았다. 그렇게 나는 다른 우주로 넘어가는 그 순간 아무것도 보고 느끼지 못한 채로 있었다. 그후로 얼마간의 시간이 흘렀는지도 모르겠다. 눈을 떴을 때 나는 2016년 강원도 영월의 밤을 멍하니 쳐다보고 있었다.

7. 현재
1666 vs. 2016

내가 눈을 떴을 땐 내 눈앞에 영월의 밤하늘이 펼쳐졌다. 사실 검은 밤하늘에 비친 달 그림자외엔 내 머릿속에서는 아무 생각도 나지 않았다. 나는 캡슐에서 나와 그대로 드러누웠다. 그 상태로 약 5분 정도 있다가 주변을 천천히 둘러보았다. 그때 문득 길동이 준 선물상자가 떠올랐고 얼른 선물상자의 뚜껑을 열어 보았다. 상자 안에는 덮개에 지구가 그려진 나침반이 들어 있었다. 상자 바닥에는 작은 글씨로 '친구야 인생은 정해진 게 아니야. 인생은 네가 만들어 나가는 거야.'라고 쓰여진 쪽지가 있었다. 나는 의미심장한 친구의 쪽지를 손에 든 채 한참이나 멍하니 그 자리에 서 있었다. 그런데 갑자기 어디선가 차가운 밤바람이 불어와 내 손에서 쪽지를 빼앗아 저 멀리 밤 하늘 높이 날려 버렸다.

"아! 쪽지가……"

바람에 날아가는 쪽지를 한참 따라 가던 내 눈에 저 멀리 들판에서 돗자리를 깔고 망원경으로 밤하늘을 보고 있는 어느 아이가 보였다. 순간 모든 몸의 동작이 멈추고 머리가 빠르게 돌아가기 시작했다.

"어떻게 된 거지? 내가 지금 꿈을 꾸고 있나? 아니, 그럼 지금 내가 어느 시대에 떨어진 거지? 1980년대? 2000년대? 출발한 게 맞긴 한가? 어쩌면 너무 강력한 전자기파의 영향으로 뇌가 어떻게 된 게 아닐까? 아니야, 그런 것 치고는 모든 게 다 멀쩡해 보이는데. 역시 꿈인가?"

온갖 생각이 교차하면서 머리가 아프고 눈이 갈 곳을 잃어 계속 흔들렸다. 그리고 그런 나를 이상하게 쳐다보던 아이가 나에게 이렇게 소리 질렀다.

"거기에서 뭐 하세요? 이제 곧 유성우가 보일 텐데 거기에 가만히 서 있지 말고 여기 와서 같이 봐요."

내가 누군지도 모르는 한 아이의 명랑한 목소리가 나를 깨웠고 나는 다시 내가 존재하는 세상으로 돌아오게 되었다. 그리고 그때 나는 어쩌면 내 인생에서 제일 이상한 질문을 그 아이에게 했을 것이다.

"지금 몇 년도야?"

"몇 월 며칠이지?"

"여기는 어디야?"

"아! 그리고 여기 혹시 한국이니?"라고 말이다.

그런데 그 아이는 재미있다는 듯 밝은 목소리로

"지금은 2016년 8월 10일이고, 여기는 강원도 영월, 한국이 맞아요."라고 대답했다. 모든 일이 순식간에 일어났다. 유성우를 보고 있던 아이를 따라 나는 가방과 나침반만 챙겨서 그곳을 벗어났다. 아이의 부모님 차를 얻어 타고 시내로 왔다. 그제서야 나는 함께 온 아이의 이름과 나이를 물었다.

"저는 대구에서 온 유수혁이고, 12살이에요."

그 아이는 주말에 부모님과 친척집이 있는 강원도 영월에 놀러 와서 밤하늘의 별을 관찰하다가 나를 만난 것이라고 한다. 태워 줘서 고맙다는 짧은 인사를 끝으로 우린 헤어졌다.

무슨 착오나 오류가 있었던 게 분명하다. 내가 원했던 시대는 분명 1666년인데 여긴 2016년이다. 그리고 나는 어떻게 다시 내가 온 곳으로 돌아가야 하는지도 모른다. 아! 생각해보니 차원이주 프로젝트는 무슨 착오나 오류가 생겨도 다시 돌아갈 수는 없다는 사실을 잠시 잊고 있었다. 그래서 난 어쩌면 영원히 여기서 살게 될 수도 있다. 2016년이면 내가 살던 2060년 보다 훨씬 더 살기 좋은 때이다. 아직 처음으로 인류 전체를 위험에 빠뜨렸던 코로나 바이러스가 출현하기 4년 전이다. 적어도 마스크 없이 깨끗하고 신선한 공기를 마음껏 마실 수 있는 시간이 몇 년 더 남아 있다. 여기서는 돔 모양의 반구 도시 속 답답하고 조그만 집이 아닌 내가 그토록 살고 싶었던 별이 보이는 유리천장의 넓은 집에서 책으로 가득 둘러싸여 살 수도 있다. 기억을 더듬어 2016년에 있었던 사건이나 앞으로 발생할 사건들을 열심히 떠올려 보았다. 이럴 줄 알았다면 역사 공부를 더 열심히 해둘 걸 그랬다. 아무튼 나는 현재 2016년에 와 있고 다른 이변이 없는 한 앞으로 여기서 계속 살아야 할 것 같았다.

그런데 갑자기 그 생각만으로도 내 가슴이 요동치기 시작했다.

2장

어긋난 계획, 불시착

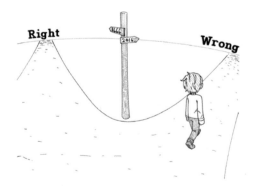

차 례

배   경 : 2016년 한국
등장인물 :
나(글쓴이이자 글의 주인공)
어린 수혁이(12살)

어린 수혁이는 마치 책 〈어린 왕자〉 속 주인공인 어린 왕자와 같이 순수하며 호기심이 많고 모르는 것이 있으면 꼭 질문을 해야 하는 아이이다.

1. 재회

　나는 1666년이 아닌 2016년의 지구에 도착했다. 강원도 밤하늘을 처음 보았던 그날로부터 4달이 지났다. 그 사이 나는 어린 수혁이 산다는 대구에서 작은 방을 구해 살게 되었다. 그리고 편의점 아르바이트 자리를 구해 일을 하였다. 아르바이트는 먹을 것을 구하고 머물 곳을 마련하기 위해 당장에 필요한 일이었고 내가 할 수 있는 거의 유일한 일자리였다. 2016년의 나는 이곳에서의 생존이 우선이었다. 생각지도 못한 2016년이라는 지구에 떨어졌고 내가 가진 거라고는 스페이드 에이스가 그려진 카드와 친구가 준 나침반이 전부였다.

　나의 본업은 고고학자이다. 일을 찾을 때도 내 머릿속에는 짧게나마 고생물학이나 고고학 방면의 강의 및 연구를 하면 좋겠다고 생각했다. 그리고 2060년보다 44년이 앞선 2016년인 지금 나는 모든 방법을 동원해서라도 이 시간여행 프로젝트의 실마리를 알고 있는 사람이나 단서를 찾아야만 했다. 그래서 그 방면의 일을 찾게 되면 뭔가 해결책을 마련할 수 있지 않을까 하는 생각을 했다. 하지만 나는 원하는 일자리를 절대 찾지 못했다. 이곳에선 내 신분을 확인할 수 있는 주민등록증이 필요했고 난 그 분야의 학력이나 경력을 입증할 수 있는 방법이 없었다. 만약 내 친구 길동이 이 상황이었다면 분명 어디선가 위조 신분이라도 만들어 와서 이 문제를 해결했을 것이다. 하나 난 그러지 못했다. 결국 나는 많은 걸 요구

125

하지 않는 일자리만 찾아 돌아다녔고 편의점에서 일하게 되었다.

　이곳에서의 일은 모든 게 생소했다. 편의점 안의 거의 모든 상품들은 내가 살던 시대엔 존재하지 않는 것들이다. 처음엔 익숙하지 못해 손발이 서툴렀고 실수가 잦았으며 몸은 빨리 지치고 피곤했다. 하지만 1달이 지나니 내 몸은 이내 2016년의 루틴에 적응해 버렸다. 아니다. 편의점 직원의 루틴에 적응해 버렸다. 매일 나는 청소, 물건 정리, 계산, 고객응대를 하면서 더 이상 힘들지 않게 되었고, 비로소 진정한 것들이 눈에 들어오기 시작했다.

　편의점은 편의점(便宜店)이다. 마땅히 편리하고 편해야 할 순간의 지금을 보낸다. 그리고 이곳에서 순간의 지금을 보내는 사람들은 1분에서 5분 사이를 머물다가 떠나면서 자신의 부족한 것을 충족해 간다. 부족한 것은 무언가를 필요로 한다는 뜻이다. 그렇게 인간은 스스로에게 부족한 것들을 편의점 같은 곳에 자주 들러서 채워 나가고 다시 채워 나가고 끊임없이 채워 나가면서도 여전히 부족하다고 호소한다. 채움과 부족을 반복하는 인간은 아이러니하지만 언제나 그랬다. 편의상이라고 입버릇처럼 이야기하다가 2060년 지구에 사는 사람들은 돔에서 생활하고 다시는 돔 밖을 나올 수 없으며 잦은 정전 사태에 불만이 가득하다. 이번에도 부족함을 채우지 못한 편의가 문제다. 넘쳐나는 쓰레기로 최악의 환경오염을 맞닥뜨리면서도 편의(便宜)에 젖어버린 사람들은 편의로 시작해서 결국 자신의 가치도 편의가 되어버리는 비극을 맞이하게 될 것을.

　지금도 나는 떠나온 2060년에서 있었던 일들을 머릿속에서 지워버릴 수 없다. '왜 1666년이 아니라 2016년이란 말인가? 정말 우연치 않게도 여기로 온 걸까? 이 모든 게 누군가의 조작은 아닐까? 내가 여기 온 것이 정말 맞는 건가? 나는 이곳에서 도대체 무얼 해야 할까? 이렇게 돈벌이만 계속 하면서 시간을 허비할 수 없는데 말이다.' 매일매일 나는 다른 세상에 있는 것처럼 괴리감이 느껴졌다.

그날도 그랬다. 나는 오늘 출시된 '떡볶이 삼각김밥'을 들고 또 다른 편의에 감탄하면서 재고로 많이 남아 곧 폐기되는 그 신상품 삼각김밥을 오랫동안 응시했다. 저녁거리 삼아 가방에 주섬주섬 몇 개 챙겨 넣었다. 그리고 근처 시립도서관으로 향했다. 거의 매일 빠지지 않고 도서관에 들러 고고학, 고생물학 책들을 열독했다. 이 도서관에는 2060년 지구에서 구하기 힘든 종이 인쇄판 책들을 마음껏 볼 수 있었다. 특히 전자책으로밖에 볼 수 없었던 스티븐 호킹의 〈시간의 역사〉와 칼 세이건의 〈창백한 푸른 점〉을 두 손으로 만지며 보고 있으니 이런 편의는 더 많이 채우고 싶다는 욕심이 생겨났다.

도서관에서 책을 읽기 시작한지 한 40분 정도가 지날 무렵이었다. 책에 한창 빠져 있던 내 옆으로 누군가가 다가와 귓속말로 얘기했다.

"아저씨, 미래에서 왔죠?"

나는 깜짝 놀라 손에 들고 있던 책을 바닥으로 떨어뜨렸고 덕분에 책페이지를 넘기는 소리만 나던 도서관 실내는 '쿵' 하고 떨어지는 책 소리로 가득 울렸다. 책을 보던 모든 사람들의 시선이 우리 쪽으로 쏠렸고 하지만 나는 별로 개의치 않았다. 나는 고개 돌려 귓속말을 한 상대를 쳐다보았다. 그곳엔 내가 처음 이곳에서 온 그날 밤의 어린 수혁이 서 있었다. 우리가 만난 영월의 그 밤처럼 수혁이의 두 눈은 여전히 반짝이고 있었다.

어린 수혁과 나의 재회는 우연인지 필연인지 모르겠지만 수혁을 다시 봐서 나는 굉장히 기뻤다. 우리는 도서관에서 카페로 자리를 옮겼다.

"우아! 내가 제일 좋아하는 크루아상이다!"

어린 수혁은 좋아하는 음식 앞에서 천진난만하게 이야기했고 얼른 크게 한입 베어 물었다. 그리고 또 한입 베어 물면서 오물거리는 입으로 말했다.

"난 아저씨가 저 먼 미래에서 왔다는 걸 알아요."

"……"

나는 대답할 수 없었다.

"그렇게 놀랄 건 없어요. 그리고 전 아저씨를 믿어요."

어린 수혁의 목소리에는 해맑은 호기심과 자신감이 가득 차있었다.

나는 '내가 미래에서 왔다고? 터무니없는 소리야'라고 대답할 수 없었다. 어린 수혁에게 거짓말을 할 순 없었다. 다른 사람들에게 진실을 말하면 모두 내가 미쳤다고 말하겠지만 어린 수혁은 그렇지 않을 거라는 일종의 믿음이 생겼다. 그리고 난 무언의 고개를 끄덕였다.

어린 수혁은 말을 이어갔다.

"아저씨, 아저씨는 이름이 뭐예요?"

"……"

"아저씨가 사는 곳은 얼마나 먼 미래예요?"

내가 입을 열었다.

"사실 난…… 2060년에서 왔어."

어린 수혁은 다시 말을 이었고 또 쉴 새 없이 질문을 던졌다.

"난 아저씨를 절대적으로 믿어요. 왜냐면 진실된 어른은 아이들을 진심으로 대하거든요. 절대 어리다고 깔보지 않아요. 아저씨의 그 눈과 말에는 진심이 담겨 있는 것 같아요."

"아저씨는 미래에서 왔으니까 이제부터 제가 하는 질문들에 모두 대답할 수 있을 거예요. 미래에서 여기 과거로 왔다면 분명히 시간여행을 하고 타임머신을 탄 거네요. 타임머신을 타고 온 거죠?"

"타임머신? 그래. 일종의 타임머신이지."

내 말을 유심히 듣던 어린 수혁은 "타임머신!" 이란 말을 듣고 흥분을 감추지 못했다. 그리고 그 단어를 몇 번 혼잣말로 되풀이하더니 잠시 생각에 잠겼다.

"그럼 아저씨가 타임머신을 타고 온 2060년의 지구는 어때요?"

"2060년의 지구에는 80%의 인류가 노화 없는 삶을 살고 97%의 질병들이 거의 정복되었고 사람의 머리에 칩을 이식하는 기술이 발달해서 인간과 인공지능을 결합한 뉴로맨서 기술이라는 게 발달하고 마침내 화성에 사람이 정착하기까지 했어."

어린 수혁의 나이를 생각하면 조금 더 쉽게 설명 했어야 했나라는 생각이 들었다.

"와~, 그럼 아저씨. 제가 읽은 과학책에서는 인간이 세포 속의 염색체가 그 한계를 정했기 때문에 노화가 일어난다고 하던데 아저씨가 타임머신을 타고 온 미래에는 어떻게 노화가 없어질 수 있는 거죠?"

노화라니? 어린 수혁이 한 질문은 정말 뜻밖이었다. 내가 하는 이야기를 정말 이해하고 있는 것 같았다. 어린 아이지만 그 질문은 절대로 어리지 않았다. 나는 내가 알고 있는 모든 생물학적 노화에 대한 지식을 어린 수혁에게 설명해 주었다.

"미래엔 더 이상 노화가 문제가 완전히 해결되지는 않았어. 2016년인 지금의 세상에선 아직 그 미스터리를 풀지는 못했지만 내가 살던 미래의 인간뿐만 아니라 이미 이 지구에도 수명에 제한이 없거나 노화가 느린 생물, 또는 특정한 조건에서는 죽지 않는 생물들이 꽤나 많아."라고 대답해 주었다. 그리고 나는 내가 알고 있는 것들을 종이에 적어 보여주었다.

> **MEMO**
> 바닷가재 – 천적이나 환경 변화, 탈피를 제외한다면 수명에 크게 제한이 없음.
> 플라나리아 – 몸을 여러 조각으로 잘라도 줄기세포의 능력으로 재생 가능.
> 벌거숭이 두더지 쥐 – 설치류 중 수명이 가장 길어 최대 30년을 살 수 있고
> 암과 노화에 내성이 있음.
> 홍해파리 – 자연사가 없음.
> 늙으면 번데기처럼 변했다가 다시 어린 개체로 돌아감.

"이밖에도 박테리아나 암세포, 곰벌레 등 다양한 생명력이 강하거나 죽지 않는 생물들은 생각보다 더 많이 있어. 지금 2016년에도 이런 동물들을 연구하면 가까운 미래에는 죽지 않는 것은 불

가능해도 수명을 충분히 연장하는 것은 가능할지도 몰라."

어린 수혁은 내가 적어 준 메모의 생물체 이름을 하나하나 짚어 보았다. 그리고 아이는 고개를 다시 들면서 나에게 물었다.

"그럼 아저씨가 말한 그런 굉장한 동물들은 절대 죽지 않는 건가요? 그런데 왜 사람이라는 동물은 그렇게 오래 살지 못하게 되어 있죠?"

"아니 아직까지는 절대적이고 영원하게 죽지 않는 생물은 없어. 내가 여기 적은 얘들도 결국에는 다양한 원인 때문에 죽어. 그리고 사람도 결국에는 죽겠지. 하지만 언젠가는 과학기술의 발전으로 이런 동물들처럼 조금이나마 더 오래 살 수 있게 할 수는 있을 거야."

"어른들은 왜 굳이 오래 살려고 하나요? 100년도 이미 충분히 긴데 말이죠. 오래 살면 굉장히 지루할 것 같은데."

나는 이 질문에 잠시 고민했다. 어린 수혁 말처럼 오래 살면 지루하다. 지루한 삶을 사람들은 자꾸 오래 살려고 한다.

"음…… 그건 말이지. 어른들은 항상 못했던 것 그리고 현재에 못하고 있는 것에 많이 아쉬워하고 '앞으로 시간만 더 있으면 할 수 있는데……'라는 생각을 계속 머릿속에 담고 살아간단다. 쉽게 말하자면, 네가 학교에서 시험을 칠 때 있지? 간혹 어려운 문제로 시간을 많이 써서 시간이 더 있었으면 좋겠다는 생각을 하는 것처럼 말이야."

"에이, 전 10분 만에 시험 문제 다 풀고 자는데요."

"그래? 그럼 네가 아닌 다른 친구들이 그러는 것처럼 말이야, 어른들도 항상 자신의 꿈을 위해 더 많은 시간을 원해. 그리고 계속해서 무언가를 원하지. 오래 살고 싶다는 욕망도 더 많은 시간을 원하고 노화를 싫어하는 것과 같아. 사람들은 있어도 계속 원하게 되는 거지. 하지만 아저씨 생각엔 더 오래 살려고만 하는 건 별로 좋은 게 아닌 것 같아."

"오래오래 살면 하고 싶은 것도 다하고 좋잖아요. 아저씨는 왜 안 좋아요?"

"내가 살던 미래에는 사람들이 더 이상 돈 걱정 없고 수명도 늘어나서 더 즐겁게 살 것 같지만 대부분의 사람들이 자신의 시간을 그저 헛되게 낭비하고 있어.

그들은 자신들의 무의미한 행동과 유행에 갇혀 편향된 사고로 문제를 바라봐. 진짜 문제라고 하는 건 해결하지 않고 매번 미루기만 하고. 어쩌면 미래의 사람들에게 필요한 것은 더 많은 시간이 아니라 의미 있는 것을 찾아가면서 사는 걸 거야. 그리고 우리가 눈앞에 직면한 큰 문제를 바라보고 해결하려는 의지와 노력이 정말 필요해. 혹시 내가 너무 어려운 이야기만 했니?"

"아니에요. 그런데 아저씨는 진짜 재미있는 이야기를 잘하는 것 같아요."

어린 수혁은 내가 온 지구가 너무 궁금하다고 했고 이야기가 듣고 싶다고 했다. 나는 내가 지냈던 2060년의 지구와 사람들의 이야기를 수혁에게 들려주었고 보이저2, 하와이, 스페이드 에이스 카드 등의 말들을 하면서 지난 내가 겪은 모든 이야기를 하나도 빠짐없이 들려주었다. 어린 수혁은 끝까지 나의 이야기를 들었다.

그렇게 어린 수혁과의 만남은 순식간에 끝나버렸다. 어린 수혁의 질문은 정말 깊이가 있었다. 그리고 그때부터 어쩌면 나는 내가 온 세상에서 가져온 프로젝트에 관한 자그만한 실마리를 찾은 것인지도 모른다.

2. 그 말 한마디

내가 사는 집 근처엔 신천(新川)이 흐른다. 나는 편의점 아르바이트를 오고 가는 길에서 신천로를 처음 보았다. 그곳은 긴 하천을 따라 잔디와 나무가 띄엄 띄엄 심어져 있는 곳이었고 양편 둑으로 근처에 사는 주민들이 산책하거나 운동할 수 있는 곳이 많았다. 나는 가끔 그곳에 가서 산책을 한다. 그리고 그곳에서 혼자 생각하기를 좋아한다. 2060년의 반구 모양의 돔도시 안에선 지금과 같이 맑은 공기를 마시며 산책할 수 없다. 2016년과 같이 깨끗하고 맑은 하늘을 보기가 어렵고 설령 본다고 해도 그마저 인공적으로 날씨를 조종해서 만들어낸 하늘이었다. 내가 자주 걷는 2016년의 산책로는 꽃과 나무, 운동시설들로 정갈하게 잘 꾸며져 있었고 가끔 하천에서 헤엄치는 수달을 목격할 때도 있다. 모든 것이 평온하다. 지금 난 2060년에 절대 해볼 수 없는 자연 속 자유를 마음껏 만끽하고 있다.

어린 수혁을 만난 후, 일주일이란 시간이 지났다. 그날도 어김

없이 편의(便宜)적 편의점 일을 마친 후 도서관에 가는 길이었다. 그리고 그 길에서 하교하는 어린 수혁을 우연찮게 만났다. 아이는 고개를 숙여 걸으면서도 생각을 하고 있었고 멈춰 선 채 하늘을 쳐다보면서도 무언가를 골똘히 생각을 하고 있는 듯했다. 이번엔 내가 먼저 아는 척 인사를 했다.

어린 수혁은 갑자기 나를 붙잡으며 방금 생각난 것처럼 저번에 하지 못했던 재미있는 이야기를 마저 해달라고 했다. 나는 지난번처럼 무언의 동의로 고개를 끄덕였다. 하지만 당장은 아니라고 했다. 어린 수혁에게 우선 부모님에게 물어보고 동의를 얻어서 나를 찾아오라고 했다. 그렇게 어린 수혁을 내가 살고 있는 곳으로 초대를 했다.

내가 2016년에서 살기 시작한 후 처음으로 내 방에 손님을 초대했다. 어린 수혁은 2016년에 살고 있는 나의 존재를 아는 유일한 벗이다. 만약 길동이 이 사실을 알았다면 어린 아이와 어울린다고 나를 놀렸을 것이고 나의 존재를 들켰다면서 또 다시 크게 놀렸을 것이다. 그래도 상관없다. 2016년의 낯선 지구에서 아는 사람이 한명이라도 있는 것이 참 좋다는 것을 이미 깨달았기 때문이다. 방 안에 들어와 이곳저곳을 둘러보았고 어린 수혁은 내 책상위에 놓여 있는 책 〈코스모스〉를 보고 바로 달려들어 이야기했다.

"저 이 책 진짜 좋아해요. 칼 세이건이라는 천문학자가 쓴 책이잖아요. 제가 생각하기에는 이 책은 정말 인류 역사에 남을 명작인 것 같아요. 아저씨가 온 2060년에도 이 책이 유명한가요?"

"글쎄, 내가 살던 2060년의 지구에서는 거의 오래된 고전 중

하나로 손꼽히는 책이고 또 그때는 크게 읽어볼 생각을 안 해서 나도 제대로 못 읽어 봤어. 그래서 시간 날 때마다 간간이 읽고 있는 중이야."

"아저씨는 그럼 지금 그 책을 어디까지 읽었어요?"

나는 책갈피를 꽂아놓은 부분을 펴보고 말했다.

"지금은 7장 '밤하늘의 등뼈' 부분을 읽고 있어."

"그래요? 그럼 어떤 부분이 제일 마음에 들어요? 저는 5장인 '붉은 행성을 위한 블루스' 부분이 마음에 들었어요. 그 책에서 칼 세이건이 화성에 탐사선을 보내서 생명체의 유무를 확인하는 실험 이야기를 하는데 지금도 보면 '화성에 생명체가 살고 있다 아니다'라는 말로 서로 싸우고 있잖아요. 아저씨가 온 2060년의 화성에서는 생명체가 발견되었나요? 그리고 2060년에는 사람이 정말 화성에 정착하나요? 잘 정착했나요? 어땠나요?"

이 이야기를 들으면 길동이라도 어린 수혁을 그냥 아이로 보지 않았을 거다.

나는 "2060년 화성에서는 생명체가 발견되지 않았지만 사람들은 화성에 정착해 잘 살고 있어."라고 대답했다. 아니 대답을 머릿속으로만 했다. 이런 표면적인 대답들로 내 앞의 어린 수혁의 궁금증을 만족시켜줄 순 없을 거다. 나는 고생물학, 우주 너머의 생물들을 탐구하는 우주 생물학, 더불어 천문학적인 지식 또한 두루 섭렵하고 있었고 그중 화성은 내가 제일 흥미로워하는 행성이자 주 관심사였기에 수혁의 궁금증을 해결해 줄 대답을 정확하게 분명히 대답해 줄 수 있었다.

"2030년 인류는 처음으로 화성에 발을 딛게 돼. 발을 딛는 사람의 이름은 내가 말해도 딱히 의미 없지만 어쨌든 처음으로 화성에 인간이 착륙하는 새 역사를 쓰게 돼. 그리고 화성에서 일주일이라는 기간을 보내면서 연구를 진행하고 화성의 자원으로 연료를 만들어서 다시 귀환했어. 화성 착륙이라는 사건은 한동안 사람들의 관심을 모았고 과학자들의 연구 성과들이 줄을 이으며 화성 탐사계획은 더욱 구체화되었어. 결국 2033년에 와서는 1년에 1번꼴로 화성에 우주선을 발사할 수 있게 되었단다.

 "우아~~~~"

 수혁이가 탄성을 지른다.

 "그뿐만이 아니야. 2036년이 되면서 인류의 화성……"

 "그럼 화성에는 생명체가 살고 있었어요? 그것부터 말해 주세요."

 나는 내 말이 끊기는 것을 별로 좋아하지 않는다. 하지만 수혁이가 화성에 생명체가 살고 있었는지를 먼저 묻는 것은 당연하다는 생각이 든다. 유명한 SF소설작가인 아서 C. 클라크라도 "두 가지 가능성이 있다. 우주에 우리만 존재하거나 그렇지 않거나. 둘 다 끔찍한(무서운) 일이다"라고 말했지 않았던가. 만약 이 지구 외에 저 우주에도 생명체라고 할 만한 것이 존재한다면 얼마나 멋진 일인가. 우리에게는 그러한 생명체를 찾는 가장 가까운 목표가 화성이었기에 이 아이의 심정이 더욱더 이해가 된다.

 "그동안 몇 차례의 실험이 있었는데 아쉽게도 우리가 원하던 실험 결과는 나오지 않았어. 내가 여기 오기 전까지 아마도 꽤나 많은 과학자들이 몇몇 지역을 제외한 웬만한 곳들은 전부 조사했었지만 실제 생명체나 생명체의 흔적은 없었어."

어린 수혁은 나의 "나오지 않았어.", "흔적은 없었어."라는 내 말에 못내 아쉬워하는 표정을 지었다.

"하지만 그럼에도 이런 화성탐사가 발판이 되어서 2036년 달을 제외하면 최초로 외계 천체에 인류가 기지를 세우게 된 거야. 내 생각이지만 진짜 중요한 것은 화성에 생명체가 사는 것의 여부보다는 그들을 찾으려고 노력함으로써 우리 자신의 소중함, 우주의 광활함을 이해해 나가는 과정의 필연성을 알게 되는 것이라고 생각해. 그래서 실질적인 외계 생명체를 찾지는 못했지만 덕분에 화성 탐사계획으로 인류는 잠시 동안 강하게 힘을 합쳤지. 그리고 2040년쯤에는 전체 인구의 약 0.3% 그러니까 약 3천만명이 조금 못 되는 정도의 사람들이 살 수 있을 만큼 준비가 되었어. 하지만 나중에는 큰 기대와는 달리 결과가 조금 미미해져서 화성탐사와 개발에 대한 열광이 점점 사라졌고 결국 2050년에 들어서는 화성에 정착한 사람들을 위한 원조를 제외하면 모든 지원들이 끊기게 되었어. 그래서 아쉽게도 화성을 비롯한 다른 우주탐사계획도 무산되었지."

"화성 탐사 성공이라니 정말 대단해요. 하지만 또 다른 생명체를 찾지 못한 건 아쉬워요. 그래도 저는 화성에 생명체가 살고 있을 거라고 믿어요. 혹시 모르잖아요. 아저씨가 살던 시대에는 화성에 살던 생명체들이 다 죽은 걸지도 몰라요. 저는 나중에 어른이 되면 우주를 연구하는 프로젝트에 참가하는 과학자가 되어 화성에 가볼 거예요. 그리고 제 눈으로 직접 확인하고 싶어요. 아저씨가 해주는 이야기를 듣는 게 좋지만 저는 제가 직접 보고 싶어요. 그게 더 좋을 것 같아요."

그리고 어린 수혁은 잠시동안 말이 없었다. 그동안 더 질문할거리를 떠올리고 있는 것 같았다.

"참! 아저씨한테 또 물어보고 싶은 게 있어요. 아저씨가 지난번에 들려준 이야기에서 괴베클리 테페(Göbekli Tepe)라는 말을했어요. 그래서 저는 집에서 괴베클리 테페의 정보를 인터넷에서찾아봤어요. 그런데 인터넷에서도 정보가 별로 없었어요. 그리고생각을 했어요. '왜 아저씨는 괴베클리 테페를 말했을까?'라고요.근데 정말 왜죠?"

난 그곳을 안다고 대답하기에 살짝 망설여졌다. 내가 살던 2060년의 지구에서 괴베클리 테페는 없어진 지 오래되었고 그냥 과거문화 유산 중 하나일 뿐 그 기록 또한 거의 다 사라지고 없었다. 책에서 접했던 괴베클리 테페는 아주 단편적인 정보들이었다. 하지만 이번 우주 공간 이동 프로젝트에 참여하기 전전날까지도 난 복잡한 생각 정리를 위해 내가 가진 책들을 펼쳐보았다. 그 책들 속에서 본 괴베클리 테페에 대한 정보들이 머릿속에 떠올랐다. 그리고 나는 그때의 그 정보들을 다시 한번 정리해 보면서 어린 수혁에게 설명해 주었다.

"괴베클리 테페는 지금 네가 사는 이 2016년의 지구에 존재하는 세계 문화 유산이야. 터키에 있는 유적지로 1994년에 발견돼처음 발굴되기 시작했어. 이 유적지는 다른 고대 유적과는 크게 다른 점이 있는데. 이 유적의 형태는 마치 여러 개의 돌기둥이 원 모양으로 세워져 있는 유적으로 영국에 있는 스톤헨지와도 유사해. 하지만 괴베클리 테페는 21세기를 사는 우리에게 그보다 더 큰 엄청난 사실을 보여주고 있어"

"그래서 도대체 그게 어떤 건데요?"

어린 수혁은 대답을 재촉한다.

"사실 괴베클리 테페의 제일 오래된 부분은 기원전 9600년도!!! 쯤에 처음 만들어졌어."

괴베클리 테페 유적지 모습과 복원 모형도

"우아! ~~~ "라며 어린 수혁은 짧은 탄성을 질렀고 그게 왜 대단한 건지 모르겠다는 표정으로 나를 바라보았다.

"수혁이 혹시 역사 좋아하니?"

"네. 저 역사 진짜 좋아해요. 제 생각에는 한국사에선 현대사보다는 고대사가 더 재미있는 것 같아요. 고대사가 더 재미있는 이야기도 많고 더 좋은 것 같아요."

"그럼, 신석기가 언제 시작되었는지 잘 알겠네."

"네. 당연히 알죠. 1만 년 전에 빙하기가 끝나고 인간이 농사를 지으면서 시작되었어요."

"맞아. 하지만 다시 생각해 보자. 이 괴베클리 테페는 기원전 9600년 그러니까 지금부터 약 12000년도 더 전에 세워진 건축물이야. 그런데 역사 교과서에서는 분명 인간이 농사를 지으면서 사람들이 모이기 시작했다라고 적혀 있어. 사람들이 모여 살면서 종교가 생기고 사후세계를 믿어 피라미드나 고인돌 같은 건축물을 세우게 되었지. 하지만 괴베클리 테페가 처음 지어졌을 때 그곳의 사람들은 본격적인 농사를 짓지도 않았어. 고고학자들이 분석했을 때도 괴베클리 테페는 사람들의 집 같은 건축물이 아닌 일종의 종교적 상징물에 가까웠고 그래서 이 유적을 연구하던 고고학자들은 새로운 생각을 하기 시작했어. '어쩌면 농사가 먼저 시작되고 → 사람들이 모여서 → 종교가 생긴 게 아니라 사실은 종교가 먼저 생기고 → 사람들이 종교를 계기로 모여서 → 이 사람들이 종교적 건축물을 세우고 종교를 따르기 위해 정착한 후 먹을 것을 얻으려고 농사를 지은 건 아닐까?'라는 생각을 하기 시작한 거야."

"그럼 아저씨는 2060년도에서 왔으니까 정말 그랬는지 알고 있겠네요."

"아쉽게도, 내가 살던 2060년도에는 괴베클리 테페를 볼 수가 없단다. 이미 유적들은 훼손, 소실되고 다른 자료들도 거의 다 사라져버렸지. 그래서 더 이상 알고 싶어도 알 수가 없어."

"그럼, 아저씨가 타고 온 타임머신을 타고 과거로 가서 직접 보고 오면 되는 거 아니에요?"

"그랬으면 좋겠지만 아쉽게도 나도 지금 어떻게 해야 다시 돌아갈 수 있는지 몰라. 원래대로라면 나는 내가 선택한 목적지에 도착해서 다시 돌아가지 못하고 그곳에서 살아야 했어. 그런데 지금 나는 내가 원하는 1666년도 아닌 2016년 살고 되었고 여기 남아 있는 자료를 모아서 내가 불시착 하게 된 이유를 찾아야 해. 나도 내가 왜 이곳에 떨어졌는지 정말 알고 싶어."

나는 왜인지에 대해 정말 알고 싶다. 정말 답답하고 또 답답했다.

어린 수혁은 다른 곳으로 눈을 돌린다. 책상 위에 놓인 내 책을 집어 들어서 펼쳐보다가 잠시 생각을 하다가 책의 페이지를 넘긴다. 그리고 수 많은 질문들을 나에게 쏟아냈고 나는 꽤나 오랜 시간을 들여서 찬찬히 설명해 주었다. 그중에서 몇 가지만 나열하자면……

1 첫 번째 질문, "아저씨가 들고 왔다는 카드는 어떻게 생겼어요?"

나 : 그냥 보여 줄게.

수혁 : 와~ 정말 은하 홀로그램이 있는 카드야.

나 : 여기에 있는 홀로그램은 아마도 우리 은하의 모습일 거야. 그리고 앞면에는 ♠에이스가 그려져 있어. 총 54장의 카드가 다 존재한다면 각각이 서로 다른 의미를 가지고 있겠지. 어쨌든 2060년의 나는 스페이드 에이스의 의미를 지내고 있는 사람이야.

수혁 : 그게 무슨 의미인데요?

나 : 그건 비밀 ~

2 두 번째 질문, "스피노사우루스가 물속에서 산다고요?"

나 : 응, 내가 알기로는 한 2018년쯤에 결정적인 화석을 발견해서 물고기처럼 완전히 물속에서만 산 게 아니라 악어처럼 물과 육지를 오가는 반 수생 동물이었다는 사실을 밝혀냈어.

수혁 : 그럼 영화에서 나오는 스피노사우루스는 다 거짓말이었던 건가요?

나 : 아마도 그럴 거야. (어린 수혁은 믿기지 않는다는 얼굴로 나를 쳐다봤다.) 그 증거로는 뼈의 밀도가 현생 수생생물과 비슷하게 높고, 꼬리뼈 부분의 연결이 느슨해서 물속에서 헤엄치기에 적합한 구조였기 때문이라고 하네.

3 세 번째 질문, "돔 도시는 여기랑 비교해서 어때요? 일년 내내 따뜻해요? 솔직히 대구는 여름에는 너무 덥고 겨울에는 너무 추워서 가끔은 짜증날 때가 있거든요."

나 : 돔 도시는 말하자면 규모가 크긴 큰데 공기도 그렇고 공간자체가 밀폐되어 있어서 그런지 살면서도 항상 답답하다는 느낌이 들었어. 그리고 여기에 오고나서 항상 느끼는 거지만 여기와는 다르게 하늘이 보이지 않으니까 정말 느낌이 우중충한 거 있지. 여

기는 하늘도 보이고 공기도 맑아 숨쉬기도 편하고 하지만 앞으로의 미래는 점점 더 숨쉬기 힘들어질 거야. 너도 조금이라도 더 즐기는 게 좋을 거야.

수혁 : 그래도 아저씨도 대구에서 살아보면 생각이 바뀔걸요? 그리고 미래에 무슨 일이 일어나는데요?

나 : 그것도 비밀!

4 네 번째 질문, "보이니치 필사본은 뭔데 그렇게 해독하기 어렵다는 거죠? 미래에는 좋은 인공지능이나 컴퓨터를 사용해 충분이 다 해독할 수 있는거 아닌 가요?"

나 : 보이니치 필사본이라. 사실 보이니치 코드를 연구하는 친구가 하나 있었어. 보이니치 필사본은 너도 알다시피 15세기에 만들어진 책으로 누가 썼는지도 밝혀지지 않았을 뿐더러 암호 해석을 위해 세계 최고의 암호학 전문가들과 언어학자들이 도전하였고 서로 머리를 모아 해독하려고 노력 했지만 결국 모두 해독을 실패한 책이었어. 단 한사람을 제외하곤 말이야.

수혁 : 그게 누군데요? AI도 아니라 정말 사람이 풀었다고요?

나 : 그래. 바로 보이니치 필사본의 내용을 나에게 처음 알려준 암호해독, 음모론 연구를 좋아하는 친구야.

수혁 : 그럼, 아저씨는 친구가 보여 줬을 테니 책 내용을 알겠네요?

나 : 사실 나도 제대로 본 적은 없어. 그냥 몇몇 부분이 은하에

대한 설명으로 되어 있어서 꽤 흥미로웠던 것 빼고는 말이야."

어린 수혁의 질문이 계속 이어졌다.
"정부에서 일하던 사람들은 왜 시간여행의 자세한 원리를 설명해 주지 않은 건가요?"
"아저씨 친구 홍길동의 진짜 이름은 뭐예요?"
"달에다가 무슨 고성능 컴퓨터를 보낸 장소가 '코페르니쿠스 운석 공'이라고 했는데 그게 뭐예요?"
"왜 하필이면 타임머신이 있는 장소가 하와이였을까요?"
"왜 보이저 2호가 화성에서 발견되었을까요?"
어린 수혁의 '왜'라는 질문은 내가 예전에 길동에게 했던 것보다 더 많았고 길었다. 우리의 오고 가는 대화 속에서 시계 바늘이 벌써 숫자 5를 가리키고 있었다. 어린 수혁의 왕성한 호기심이란 그 나이 또래인 다른 아이들의 호기심과는 달랐다. 그리고 그 호기심에 대충 대답해 주면 안 되었다. 나는 대답을 해주면서도 오랜만에 생긴 유일한 내 말동무이자 나의 어린 벗과의 대화가 정말 즐거웠다.
어느덧 해가 저물어가고 있었고 수혁은 시계를 보더니 이제 가야 한다고 대답했다. 그리고 마지막 질문이라며 물었다.
"아저씨, 그럼 아저씨는 내가 아는 유일한 미래의 사람이에요. 그것도 타임머신을 타고 온 사람이에요."
"나는 정확히 말하면 타임머신을 타고 시간여행을 한 게 아니야. 지난번에 말한 하와이의 어느 방에서 이상한 엘리베이터를 타고 2060년의 평행지구에서 여기 2016년의 평행지구로 온 거야."

"2060년에서 2016년의 과거로 왔잖아요. 그게 그거 아닌가요?"

"아니야! 엄연히 다른 거야."

"음…… 어떻게 다른 건데요?"

"타임머신은 설명하자면…… 일단 시간을 하나의 줄이라고 생각해 보자. 여기 있는 시간의 한 지점에서 다른 한 지점으로 이동하는 것을 우리는 시간여행이라고 불러. 하지만 내가 여기에 온 방법은 시간을 넘나든 게 아니라 내가 살던 2060년의 지구가 있는 우주에서 2016년의 지구가 있는 다른 우주, 그러니까 내가 지금서 있는 이 지구로 일종의 차원이동을 한 거야."

"그럼 아저씨는 다른 우주에서 온 외계인인 거네요!"

"어쩌면 그렇게 말할 수도 있겠네. 하지만 나도 일단은 너랑 같은 평범한 인간이야. 일부의 유전적 차이만 있을 뿐이지."

"그게 무슨 말이에요?"

"그건 나중에 또 기회가 되면 설명해 줄게."

"아저씨. 아저씨가 말한 것이 정말 차원이동이라면 그리고 우리의 우주가 여러 개 존재한다면 어떤 지구는 공룡이 아직까지 생존해 있을 수 있고, 어떤 지구는 날아 다니는 자동차가 있고, 어떤 지구는 아예 멸망해 사라졌을 수도, 인간이 지구 아닌 우주를 모두 정복했을 수도 있겠네요."

"그래. 하지만 그런 지구는 별로 상상하고 싶지 않네."

"왜요?"

"생각해 봐. 공룡이 지금도 살아 있다면 사람이 살 수 있을까? 또 인간이 우주를 정복하면 우주는 인간밖에 없는 이상하고 무서운 세상이 될걸."

"에이~ 아저씨는 너무 부정적으로만 보는 것 같아요. 긍정적으로 생각해야죠. 날아다니는 자동차가 있으면 교통 문제도 해결되고 어디든지 날아갈 수 있잖아요. 그러면 얼마나 좋아요. 참! 그럼 2060년의 여기랑 비슷한 다른 지구에서 왔으니까 미래에 벌어질 안 좋은 일들을 미리 알고 막을 수 있겠네요. 영화에서 나오는 것처럼요."

그렇다. 적어도 나는 내가 살던 2060년 이후의 미래는 몰라도 그 이전의 사건들은 정확히 기억하고 있었다. 그것도 나의 기억 속 사건들은 좋은 것보단 나쁜 것들이 더 많았다. 어쩌면 나는 여기 온 후 넉 달이 지나도록 여기 온 이유에 대해 수도 없이 생각했고, '왜'라는 물음표만 갖고 언제나 마음이 답답했다. 그러다가 푸른 하늘을 볼 수 있는 산책로에선 2060년에 경험해 보지 못한 자연이 주는 행복감에 흠뻑 취해 있었다.

혹시 그 사이에 나는 무언가를 놓치고 있지는 않았을까? 볼 수 없었던 자연의 나무와 꽃, 하천을 보고 있자니 이런 곳이 순식간에 오염되어 2060년엔 더 이상 볼 수 없다는 것이 지금의 나로선 상상이 가지 않는다. 인간은 적어도 아직까지는 자연에 대하는 태도나 정신들이 미숙하다. 그리고 그로 인해 어리석은 행동을 반복했고, 자연에 직간접적으로 영향을 계속 주어 수많은 인재가 낳은 재앙이 발생하고 있다. 하지만 우리 인류는 그런 재앙들을 자신의 일이 아니라며 외면하고 있다. 내가 살던 2060년의 지구도 그로 인해 수많은 사람들이 죽고 고통스러워한 채로 갇혀 살았다. 어쩌면 그걸 가장 잘 깨닫고 있어야 할 내가 아직까지는 평화로워 보이는 지구를 즐기며 잊으려고 한 것은 아닐까? 나는 겉으로는 드러내지 않았지만 속으로 심각하게 고민했다.

어린 수혁은 대답 없는 날 물끄러미 쳐다보며 말했다.

"아저씨. 내가 질문이 좀 많았죠? 제 질문에 대답하느라 피곤하고 힘들었을 거예요. 힘들 땐 자는 게 최고예요."

"아저씨, 전 그만 집으로 돌아갈게요. 모레 다시 올게요. 걱정 마세요. 먼저 부모님에게 물어보고 허락 받고 올 테니까요."라는 말을 남기고 돌아갔다.

어린 수혁이 떠난 후 난 그대로 침대에 누웠다. 복잡한 머리의 생각을 바꾸고자 책을 좀 보다가 그냥 불을 끄고 잠을 청했다. 역시 잠은 잘 오지 않았다. 한참을 뒤척이다가 겨우 잠에 들었다. 그리고 난 꿈 속에서 이상한 외계인과 카드 게임을 하고 있었다. 잠시 잠에서 깼다. 다시 좀 뒤척이다가 깊은 잠을 청했다. 이번 꿈속에서 나는 할아버지가 된 어린 수혁을 만나고 있었다.

3. 열쇠

나는 내방에서 수혁이와 이야기를 나눈 이후로 줄곧 찝찝한 마음을 지울 수 없었다. 하루 종일 방에만 틀어박혀 책을 읽으면서도 밥을 먹으면서도 침대에 누워서 눈을 감고 있으면서도 한 가지 생각이 좀처럼 내 머릿속에서 떠나지 않았다.

2016년 이후 미래에 생기는 나쁜 사건들을…… 한 달 후에 벌어질 일이나 1년 후에 벌어질 일, 심지어 4년 후인 2020년에 벌어진 그 어마어마한 팬데믹 사건을 말이다. 나는 2060년의 평행 지구에서부터 여기 2016년으로 왔다. 그리고 미래에 있던 나는 그런 사건들을 반복학습처럼 보고 생각하고 분석하였다.

"내가 2060년의 평행지구에서 이 2016년의 지구로 왔기 때문에 2060년 그 이전에 있었던 굵직한 사건들 몇 가지는 머릿속에 아직도 생생히 남아 있어. 작은 사건들과는 다르게 큰 사건들은 평행우주라도 똑같이 발생할 확률이 높겠지. 그럼 나는 지금이라도 앞으로 일어날 끔찍한 일들을 막아야 되는 걸까? 발생 전에 막을 수 있는 게 정말 가능할까?"

2020년엔 유행한 COVID-19 팬데믹 사건으로 거의 모든 나라들이 멈추어 버렸고, 일회용 쓰레기는 점점 늘어나면서 사람들이 사용한 마스크 수만 해도 1000억 개가 넘었다. 마스크 1000억 개는 작은 대륙 하나를 덮어버릴 정도로 어마어마한 숫자의 쓰레기들이었고, 그때부터 지구의 환경은 전보다 더 심각한 수준으로 오염되었다. 만약 내가 여기서 나서서 해결하려고 해서 오염의 시간이 조금이라도 늦추어 진다면 정말 좋을 것이다.

하지만 생각할수록 더 큰 문제가 생겼다. 인류의 역사는 고치고 싶은 부분이 너무나도 많았다. 또 어떤 것은 그 뿌리가 2016년보다 더 거슬러 올라가야 나오는 문제도 너무 많았다. 그리고 크고 작은 사건들을 내가 따로 구별해서 해결하기에도 기준이 너무 모호했다.

'내가 이 지구의 역사에 개입하는 것은 크게 문제가 되지 않을 수도 있지만 만약 내가 개입을 하더라도 이미 너무 오랫동안 해결되지 못한 문제들 때문에 함부로 손을 댈 수 없을 것 같은데……'

이런 생각까지 머릿속에 떠올랐고 나는 아무 말 없이 일어나 책상 위에 놓여진 책을 집어 들었다. 책 〈코스모스〉 사이에 끼워 둔 스페이드 에이스 카드를 꺼내 보았다. 내 일기장 몇 권과 친구가 준 나침반과 함께 내가 미래에서 가져온 유일한 소지품이었다.

나는 손에 쥔 카드를 보면서 내가 살았던 지구에서 벗어나 신천 옆에 살고 있는 지금의 지구에서 그때를 떠올렸다. 그때의 나는 답답한 돔 도시에서 거의 갇혀 살다시피 했다. 그러다가 파란 하늘의 낮과 멋진 은하수가 보이는 밤을 가진 이 지구에 도착했을 때 얼마나 가슴이 뭉클했던가? 지금의 지구가…… 지금의 하늘이…… 이렇게도 맑고 깨끗하다는 사실과 머지 않아 그 언젠가에 있는 지구는 내가 떠나온 그런 지구처럼 변하게 될 거란 사실로 마음이 점점 불안해졌다. 그리고 나는 카드를 보며 마지막으로 내 머릿속에 떠오르는 말을 중얼거렸다.

"다시 한번 그때처럼…… 나에게 기회가 있다면……

지금 당장이라도 떠나고 싶다."

나는 이곳에 도착한 이후 하루도 빠지지 않고 나의 카드를 보았다. 보면서 생각했고 또 생각했다. 넉 달 전 그때의 카드, 수혁에게 보여준 그날의 카드, 지금 내가 손에 쥐고 있는 카드는 모두 동일한 카드이다. 그랬던 그 카드에서 갑자기 아래와 같은 글씨가 보였다.

Any sufficiently advanced technology is
indistinguishable from magic.

충분히 발달한 과학기술은 마법과 구별할 수 없다

　카드 뒷면에 적힌 작은 글씨가 아주 선명하게 보였다. 그전까지 정말 절대로 보이지 않았던 글귀였는데 지금에서야 그게 보였다. 그리고 보이는 글귀를 아무 생각 없이 소리 내어 따라 읽었다.

　"이건 정말 있을 수 없는 일이야."
　"왜 난 지금까지 이걸 보지 못했을까?"
　"아니다. 방금 내가 이걸 따라 읽었지. 공포영화에서 보면 주인공이 이상한 주문을 읽어 저주받은 존재가 깨어나던데, 영화를 보면서 주문을 읽던 한심한 주인공이 바로 나잖아. 난 지금 글귀를 따라 읽었어. 왜 따라 읽었지."
　그때 갑자기 들고 있던 카드가 공중으로 떠올랐다.
　그리고 내 눈앞에 문이 나타났다.

*　*　*

　나는 살면서 겪었던 일들 중에서도 어쩌면 가장 이상한 일을 이미 몇 달 전에 겪었다.

　그래서 더 이상 놀랄 일도 없을 거라고 생각했다. 하지만 카드에 나타난 이상한 글귀, 카드가 나에게 보여준 문. 이 모든 것에 너무 놀라서 나는 누워 있던 침대에서 떨어졌다. 그대로 바닥에 떨어진 나는 허리 통증이 왔고 잠시 그대로 누워 버렸다. 공중에 떠오른 카드와 문을 계속 응시하고 있었지만 내 정신은 혼미했다. 나를 놀라 자빠지게 만든 이 카드는 마치 통상적인 물리법칙을 어긋나는 것처럼 공중에 떠 있었다. 그리고 카드에서 튀어나온 문은 가로로 80cm에, 세로로 180cm 정도로 조금 컸고 의외로 손잡이가 달려 있었다.

　혼미한 정신을 가다듬어 자리에서 일어나 의자에 앉았다. 놀란 가슴을 진정시키며 그 문을 멍하게 쳐다보았다. 무엇보다 이 이상한 문의 정체가 의심스러웠지만 한동안 난 아무것도 할 수 없었고, 그리고 내 주변엔 아무런 변화도 일어나지 않았다.

"과연 저 손잡이를 잡고 열면 무슨 일이 일어날까?"

"왜 갑자기 멀쩡하던 카드에서 이런 문이 튀어나온 거지?"

"어쩌면 내가 한 말에 카드가 반응한 것이 아닐까?"

의문은 꼬리에 꼬리를 물었고 무엇보다도 나는 저 문 너머에 무엇이 있는지가 더 궁금했다.

그래도 나는 문을 열기 전에 끝까지 나올지도 모르는 불안한 상황에 대비해서 카드를 다시 자세히 살펴봤다. 카드에 쓰여진 글귀는 내가 아는 것이 맞다면 분명 유명한 SF소설계의 거장으로 불리는 아서 C. 클라크가 만든 과학 3법칙으로 알려져 있는 것 중 하나라는 점이 눈에 띄었다. 그리고 사족을 달자면 내가 직접 줄자까지 들고 재서 확인한 건데 문의 가로와 세로의 길이 비가 4:9로 두께가 없다는 것만 제외하면 여러모로 아서 C. 클라크의 소설인 〈2001 스페이스 오디세이〉에서 나오는 외계의 물체처럼 문의 가로와 세로의 넓이 비가 $2^2:3^2$이었다. 그리고 더 이상은 가만히 보고만 있을 수 없어서 결국 나는 문을 열었다. 그리고 그것이 나의 여정의 또 다른 시작이라고 할 수 있다.

4. 다시 시작, 리셋

나는 천천히 문을 열었다. 내 시선은 즉시 문 안쪽을 향했고 몸은 무엇이든 튀어나올 것 같은 미지의 물체에 대비해 자연스럽게 움츠려졌다. 하지만 아무런 일도 일어나지 않았다. 안쪽은 그저 텅비어 있는 듯했다.

그리고 나는 순간 가슴이 덜컹거리며 매우 놀랐다. 문 안쪽 공간에서 진짜 물체가 나타난 것이다. 그 물체는 내가 2060년의 평행지구에서 본 바로 그 엘리베이터로 문 안쪽 공간의 위에서 아래로 내려왔다. 엘리베이터를 본 순간 내 가슴이 갑자기 요동치기 시작했다.

"이게 도대체 뭐야?"

"나는 2060년으로 돌아갈 수 있는 건가?"

아니면 다시 그때처럼 다른 지구로 갈 수만 있다면 앞으로 돌아갈 수 있는 그 지구의 미래를 위해 바꿔야 할 부분이 꽹장히 많을 것이다.

나는 조심스럽게 엘리베이터의 열림 버튼을 눌렀고 문이 열렸다. 엘리베이터는 전에 본 것과 거의 비슷했다. 다만 이번 엘리베이터의 문 상단 부문에는 내 카드에 적힌 글귀가 금빛으로 반짝이고 있었고 그 점이 달랐다.

> Any sufficiently advanced technology is
> indistinguishable from magic.

또한 엘리베이터 안에는 전에 보지 못한 연도와 날짜, 시간을 맞출 수 있는 타이머 같은 장치가 붙어 있었다. 나는 일단 엘리베이터에서 나왔다. 그리고 흥분되는 마음을 감추지 못했다. 처음에 탄 엘리베이터는 나를 2016년으로 보냈다. 그리고 지금 그 엘리베이터가 내 눈앞에 다시 나타났고 그때처럼 나는 떠날 준비를 하여야만 했다.

몇 가지 책(역사책만 제외, 과거에서 잘못 흘릴 수도 있음), 친구가 준 나침반(추억의 의미에서), 혹시 모를 비상자금(그 전에 갑작스럽게 2016년에 떨어져서 고생한 적이 있었기에 준비), 내가 쓴 책(그저 그전에 있었던 일을 추억하는 의미에서 들고 가는 것이기도 하지만 만약 기회가 되면 그 뒤에 더 많은 내용을 덧붙여 하나의 서사시로 만드는 것도 재미있을 것 같았기 때문)이 전부였다. 그리고 어린 수혁과 만난 후 내내 머릿속에 남은 2060년 이전의 나쁜 사건들에 대해 적은 나의 노트를 한번 훑어보았다. 만에 하나 내가 지금보다 더 이전의 과거로 돌아간다면 그러한 사건들이 더 도움이 되어 좋은 영향을 받지 않을까 하는 기대였다. 그리고 그 메모는 나중에 내가 따로 다른 사람이 볼 수 없도록 잘 폐기하였다.

이번에도 역시 도착할 연도를 정해야 했는데 이번에는 선택의 자유가 더 넓어져서 고민이 되었다. 가까운 2010년도가 좋을 것 같지만 생각해 보니 1993년도 좋을 것만 같았다. 왜냐하면 그때가 마침 내가 좋아하는 고전 영화 중 하나인 〈쥬라기 공원〉이 개봉했고 2016년에 와서 〈코스모스〉라는 재미있는 책을 읽으면서 한번쯤은 만나보고 싶었던 칼 세이건이 살아 있던 때이기 때문이다(덤으로 〈시간의 역사〉를 쓴 스티븐 호킹도 살아 있던 때이다.).

나는 갑작스럽게 진행된 이 여행을 위해 재빨리 모든 준비를 마쳐야 했다. 카드에서 튀어나온 이 문이 언제 사라질지도 모르고, 순간 사라지면 어떻게 하지라는 조바심도 생겼다. 만약 닫히게 된다면 다시 열 수는 있는지, 지금처럼 카드 속 글귀를 읽으면 언제든지 열리는 문인지, 어느 하나 확신하지 못했다. 더구나 이전까지는 글귀가 보이지 않았다가 지금에 와서야 보였다는 건 이 카드가 자유자재로 나에게 글을 보여줄 수 있는 능력이 있는 건 아닐까 하는 생각도 들었다.

"아! 맞다."

"나의 벗. 어린 수혁!"

그 아이와 작별의 인사를 하지 못했다. 아이와 했던 만남의 약속을 지키지 못하고 떠나게 된 것이다. 혹시 어린 수혁이 섭섭해 하면 어떡하지. 내가 말없이 떠나서 울면 어떡하지. 내 유일한 2016년의 벗에게 해주고 싶은 말이 너무 많았다. 그래서 나는 이렇게 떠나는 게 너무 미안했다. 하지만 어린 수혁은 떠난 나를 이해해 줄 것이다. 그리고 언젠가는 좋은 추억으로 나를 기억해 줄 것이다.

나는 모든 물건들을 작은 배낭에 넣어서 어깨에 멨다. 문을 다시 열자 나를 다른 지구로 보내줄 엘리베이터가 내려왔고 나는 안쪽 공간으로 들어갔다. 안쪽 공간을 다시 자세히 보니 그냥 어두운 게 아니라 공간은 끝없이 펼쳐져 있었다. 내가 들어온 문이 닫히자 안 그래도 어두운 공간 속이 더 어두워졌고 어두운 공간 속에서 엘리베이터의 윗부분에 적힌 글자가 더욱 밝게 빛나는 듯했다. 나는 심장이 요란할 정도로 요동치는 것을 느꼈다. 엘리베이터의 문이 열리고 나는 카드를 주머니에 넣은 채 엘리베이터에 탔다. 엘리베이터의 문이 닫히자 갑자기 급강하하기 시작했다. 나는 '어? 벌써 출발하는 건가?'라는 생각과 저번에 겪었던 엘리베이터가 갑자기 떨어진 그 순간이 동시에 생각이 났다. 하지만 워낙 순식간에 떨어진 탓에 두려움을 느낄 시간과 적응할 시간조차 없이 나는 어떤 곳에 이미 도착해 있었다.

3장

새로운 출발

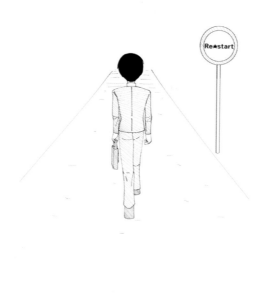

차 례

배　　경 ： 22세기의 지구

등장인물 ：

나(글쓴이이자 글의 주인공)

네모(22세기 지구상의 마지막 한국인)

　네모는 겉으로는 멋지고 화려한 생활을 하고 있지만 사회에 대해
약간은 회의적이고 부정적인 시선을 가지고 있다. 나와의 만남 이후
그의 생각도 많이 변하면서 나중엔 나의 훌륭한 조력자 역할을 한다.

나는 2016년의 지구를 떠나게 되었다.

손에 쥔 ♠에이스 카드와 2016년의 그곳에서 가지고 온 물건, 엘리베이터까지. 1부에 나왔던 하와이의 그 엘리베이터 상황과 아주 유사하다. 지금의 나는 그때의 엘리베이터 앞에 다시 서게 되었다. 이제 다시 차원이동이 가능해진 것이다. 이쯤 해서 독자들은 이런 의문이 생겼을 것이다.

"그럼 차원이동의 핵심은 엘리베이터가 아니고 카드였던 거야?"

"그럼, 이 프로젝트를 참가한 대상자들에게 카드의 숨겨진 비밀, 카드에서 튀어나온 문을 왜 처음부터 설명해 주지 않았지?"

"그리고 어떻게 얇은 카드에서 그 큰 문이 튀어나왔고, 문안 쪽엔 커다란 별개의 공간이 있을 수 있는 거야?"

"그래. 바로 그 카드! 카드가 수상해. 그 전에 보이지 않았던 그 영문 글귀가 갑자기 보이게 된 것도 의문스러워."

"하와이에 있던 엘리베이터는 또 어떻게 여기까지 온 거지? 엘리베이터도 어디서든 차원이동을 할 수 있는 건가?"

"또 하와이의 그 엘리베이터가 다시 눈앞에 나타났지만, 이번엔 카드에 적은 글귀와 똑 같은 글귀가 적힌 엘리베이터였어. 카드가 곧 엘리베이터란 말인가"

독자들의 이 많은 궁금증은 앞으로 내가 보여주는 이야기로 해소가 될 것이라 나는 생각한다. 물론 그렇게 되기까지 조금의 인내심을 가지고 지켜봐 주길 바란다.

1. 마지막 한국인

지구에는 그동안 약 5번의 대 멸종이 있었다. 그중에서는 생물 종의 95%가 멸종한 페름기 대 멸종, 공룡을 비롯한 파충류들의 시대를 마무리한 K-T(K-Pg) 대 멸종 21세기를 살고 있는 인류는 자신들의 행위가 초래한 다른 종의 멸종을 그저 안타까워하는 마음으로 바라보기만 했다. 일부 학자들과 사람들은 다른 종뿐만 아니라 인류도 같이 멸종될 것이라고 경고하였지만 대부분의 인류는 이 경고를 먼 미래의 일로 치부하면서 매번 무시했다.

심지어 또 어떤 학자들은 나라 단위의 종말이 발생할 것이라는 주장을 하기도 했다. 미래에는 기후난민이 급증하고 나라와 나라 사이를 떠도는 난민들이 많아지면서 더이상 사람이 살지 않아 나라가 사라지는 경우가 있을지도 모른다. 어쩌면 이는 정말 까마득한 먼 미래의 이야기일 수도 있다. 2060년의 다른 지구에서 산 나도 알지 못했다.

그리고 그 후 미래의 2070년, 2080년을 사는 사람들 그 누구도 그러한 경고가 현실로 될 것이라는 걸 몸소 겪어보지 못했다. **22세기를 맞이하기 전**까지는 말이다.

엘리베이터를 타고 낙하한 지 한 10여분이 지났을까. 내 눈 주변의 신경들이 모두 예민하게 곤두서는 느낌이 들었고 눈이 번쩍 뜨였다. 평소 잠에서 깨면 자연스럽게 떠지는 내 의지의 눈이 아니었고 몸 속의 모든 신경들은 갑작스러운 자극을 받았다. 주변은 열기로 가득 차 너무나도 뜨거웠고 숨이 막혔다. 그리고 답답한 공기로 인해 연신 기침만 나왔다.

'이번에 어디로 떨어진 거지?'

난 주위를 두리번거렸다. 내가 누운 이곳은 풀밭도 아니고 시멘트 바닥도 아니었다. 참을 수 없는 열기와 공중 속에 떠다니는 잿빛 가루들, 고개 들어 마주한 하늘은 온통 회색 빛으로 가득 찼다. 회색 빛! 먹구름도 아니고 짙은 안개도 아닌 그냥 거무죽죽한 회색이었다. 이곳을 당장이라도 피하고 싶었지만 시야가 가려진 곳에서 함부로 움직일 수도 없었다. 뿌옇게 하늘을 가리던 가루들도 계속 가라앉고 있었고 나는 시선을 더 먼 곳으로 옮겨서 주위를 살펴보았다. 아니, 저 멀리서 화산재가 마구 뿜어져 나오면서 아래로 쏟아져 내려오고 있는 게 아닌가. 나는 부리나케 주변에 흩어진 물건을 가방에 집어넣고 무작정 앞으로 달려 나갔다. 달리고 또 달렸다. 화산재는 당장이라도 나를 집어 삼킬 것만 같았다. 목이 계속 아프고 따가워 숨쉬는 게 곤란했다. 얼마나 오래 달렸는지 점점 무릎이 아파와 주저앉고 싶었다. 아직도 거대한 화산에서는 수많은 화산재가 계속 분출되고 있고 화산재의 뜨거운 열기로 인해 주변의 나무들이 활활 타오르면서 시꺼먼 연기들로 자욱했다.

'더 이상 숨쉴 수가 없어. 정신을 잃으면 안 돼. 집중해. 여기서 쓰러질 순 없어'

고통스러운 어지러움과 자꾸만 희미해져 가는 나의 의식은 내 발길을 멈추게 하고 결국 난 그 자리에 주저앉고 말았다. 그리고 그때, 나를 향해 다가오는 원인 모를 형체가 보이기 시작했다.

'저건 뭐지?'

나는 기를 쓰고 내 앞의 형체를 알아보려고 했지만 도통 알 수가 없었다. 그리고 난 2번째로 그 엘리베이터를 탄 지 몇 시간도 안 된 채 또 다시 정신을 잃었다.

그 뒤로 꽤나 많은 시간이 지났을 것이다. 꿈이 한 5차례 정도 바뀌었던 것 같으니 말이다. 정신이 든 나는 이상한 하얀 방 안에 누워 있었다. 어떤 방독면을 쓴 남자가 문을 열고 들어왔고 나는 여기가 어디인지 그에게 물었다. 그는 아무런 대꾸도 하지 않은 채 나를 이리저리 주시하였다. 그리고 의심스러운 말투로 물었다.

"당신은 그런 위험한 화산지대에 무슨 생각으로 들어간 겁니까?"

나는 내가 타고 온 엘리베이터와 2016년의 지구에 대해 말할 수 없었다. 그냥 그곳을 구경하고 싶어서 들어갔다고 대충 둘러댔다. 방독면 사나이는 역시나 내 말을 믿지 않는 듯했고 일단은 방에서 잽싸게 나가버렸다.

'저 남자 도대체 뭐야? 왜 방독면을 쓴 거지?'

'여기는 또 어디란 말인가?'

내가 들어온 방은 온통 하얀색 벽으로 둘러싸여 있었고 천장은 끝없이 높았다. 정말로 끝없이 높았다. 벽에는 계단이 원형처럼 이어져 있었고 창문은 없었다. 내가 누운 침대 주변엔 잡다한 물건들이 정리되어 있었다. 나는 한참 두리번두리번거렸다. 방독면의 사나이가 다시 이곳으로 돌아왔다. 그리고 그는 방독면을 벗었다. 이곳은 안전한 방이라며 나에게 소개하였다. 그리고 내 이름을 물어보았다. 안전하다는 말에 예민한 내 신경들이 풀어진 건가? 나는 안면식도 없던 이 방독면 사나이에게 얼떨결에 내가 어디에서 왔는지 말해 버렸다.

"저는 2016년 다른 지구에서 여기로 온 사람입니다."

'아차! 이곳이 2016년은 아닐 건데…… 2016년이라고 말해 버렸고 '다른 지구에서 왔다'라는 말까지 하였다. 그 말을 누가 믿어 줄 것 같아? 날 미쳤다고 생각할 거야.'

이 상황을 수습할 방법이 없었다. 내 이야기를 듣고 앞에 있던 방독면 사나이는 적지 않게 놀란 듯한 눈으로 나를 쳐다보았다.

"그렇군요. 저는 이 22세기에 접어든 지구에 살고 있는 '네모'입니다. 22세기의 지구에 온 것을 환영합니다. 2016년의 지구에서 온 여행자 분."

그는 부드러운 목소리로 말했고 나는 다시 평온을 찾았다.

여기서 잠깐! 독자 여러분에게 앞으로 내가 들려줄 이야기를 읽기에 앞서 필요한 약간의 배경 지식으로 인류 발전의 역사를 잠시 소개하고자 한다.

인류의 역사는 지구의 역사나 우주의 역사에 비하면 한없이 짧고 초라하기까지 하다. 지구 속 생명체로 살아온 인간은 지구보다 억만 분의 일도 되지 않는 극소의 몸체를 가지고 살며 아주 오랜 시간 동안 이 지구를 경시하고 지구를 단지 '그 인류의 거주지라는 물질적인 것'으로밖에 보지 않았다. 하지만 인류는 지구가 존재하고 바다에 생명체가 존재하기 시작한 이후 가장 짧은 시간 동안 그들의 말로 전하는 '발전'이라는 것을 해왔다. 인류는 70만 년 동안 떠돌아다니다가 1만 년 전부터 농사를 짓고 정착생활을 시작하게 되었다. 농사를 짓던 포유류 인류는 무리를 짓기 시작하면서 사회를 이루게 되었다. 언어라는 매개체로 인류는 단순한 작은 상상력에 지나지 않았던 것들을 서로 공유하게 되었고 기술을 발전시켜 자신들의 신체적 결함은 감추면서 비정상적인 뇌를 더욱더 크게 발달시켜 학문이라는 걸 발전시키게 되었다. 그리고 인류의 거의 모든 지식을 집대성한 도서관을 짓는다. 여기까지 오는데도 약 8000년이 걸렸다.

그 후 인류는 신학 이외의 모든 학문들이 억제되는 약 1000년 동안의 정체기를 거쳤다. 신의 섭리만 정당화되었고 지구상 모든 것을 연구하는 학문들은 철저히 배제되어 그 시대의 과학 문명 발전은 어디서도 찾아볼 수 없었다. 정체기의 장막이 거둬지는 16세기엔 이탈리아를 시작으로 르네상스라는 문화가 떠오른다. 과거 신의 섭리로 인해 이성이 없었으나 이 시기부턴 그것을 탈피하기 시작했고 근대 과학을 위한 기반이 마련되며 과학과 문화의 중심이 되었다. 지식을 재 부흥시키자는 운동을 통해 인류의 발전 속도는 다시 빨라지기 시작했다. 그렇게 발전을 거듭하면서 약 400년이 흘러 20세기에 접어든 인류는 두 차례의 전쟁을 거치게 되었다. 전쟁은 과학 기술의 발전 속도를 더욱더 가속화시켰다.

전쟁 이후 60년이 지나 인류는 지구 반대편에서도 실시간으로 소통할 수 있는 수단을 만들고 우주로 진출했으며, 다른 행성으로 탐사선까지 보냈다. 마지막으로 지난 10년 동안 인류는 손바닥 안에 쏙 들어가는 컴퓨터를 들고 다니며 생활하고 자율주행자동차가 거의 완성단계에 이르렀으며 한 민간기업에 의해 재활용로켓이 개발되고 현실화되는 단계까지 오게 된다.

인류의 발전 속도는 그 주기가 점점 짧아졌다. 특히 독자 여러분들이 이 책을 읽고 있을 근래에는 과거 수백 년 동안 발전할 양이 10년도 채 안 되어 발전을 다했으며 그 속도는 갈수록 짧아지기까지 한다. 현재 21세기 COVID-19를 겪고 있는 인류는 새로운 전환기를 맞게 되었고 인류 사회는 다가올 22세기의 변화가 어떨지 기대 반 두려움 반으로 맞이하게 될 것이다. 매일이 새로운 지금, 기술의 진보는 급속히 진행되고 이 세상을 살고 있는 인류는 또 한번 어떻게 살 것인가를 크게 고민하게 된다. 인류는 앞으로의 미래에 희망을 걸 건지, 아니면 희망을 읽은 채 살아가게 될 건지. 그 누구도 예측할 수 없을 거다.

2. 이상한 집

그 남자는 자신을 '네모' 라고 소개했다. 나는 그 말을 듣고 속으로는 내심 웃음을 찾을 수 없었다. 왜냐하면 내가 좋아하는 쥘 베른이 쓴 SF소설 중 〈해저 2만리〉에 나오는 네모 선장이 생각났기 때문이다. 사실 여기서 네모(nemo)라는 말은 라틴어로 '누구도 아니다'라는 뜻을 가졌다. 이 남자는 어쩌면 책 속 네모 선장처럼 베일에 싸인 인간일지도 모른다.

네모는 정신을 잃고 그 자리에 쓰러진 나를 내버려 둘 수 없어 일단 자신의 이동식 집으로 데리고 왔다고 한다. 나는 구해 준 것에 고맙다고 대답했다. 그리고 우리는 일단 끝없이 높아 보이지 않는 천장이 있는 방에서 나왔다.

밖에는 아무도 없었다. 그리고 내가 본 밖은 어두운 하늘도 불타는 화산도 아닌 아주 파란 하늘이었다. 시원한 바람이 불었고 주변엔 사람들의 인기척 소리가 났으며 누군가가 살아가고 있는 도시에 있는 듯한 소리가 들렸다.

'그래. 여긴 분명 도시야. 그런데 여긴 도대체 어느 도시지?'

22세기에 접어든 이곳. 나는 어느 이름 모를 이곳에 떨어지게 된 것이다.

네모는 일단 자기 집에 같이 좀 가봐야 할 것 같다며 나를 붙잡고 발걸음을 재촉했다. 그는 굉장히 빨리 걸었기에 난 그의 속도를 따라가기가 힘들었다. 길엔 지나가는 사람들도 없었고 사람의 그림자조차도 보이지 않았다. 맑고 푸른 하늘과는 대조되는 이 도시는 삭막한 기분까지 들었다.

잠시 후 우리가 도착한 곳은 1인용 공중 화장실이었다. 일반 화장실이라고 하기엔 굉장히 작아 보였다. 난 잠시나마 당황한 표정을 지으며 네모를 쳐다보았고 그는 이런 나의 표정을 전에도 봤다는 듯이 태연하게 문을 열고 들어갔다. 나는 따라 들어갈 생각이 없었다. 하지만 네모는 나보고 들어오라고 손짓했다.

이곳은 공중화장실이라고! 나까지 들어가기엔 여기 이 작은 문처럼 내부가 비좁을 것 같았다. 그리고 이곳이 네모의 집처럼 보이지도 않았다. 그런데도 난 그곳이 궁금했다. 결국 나는 그를 따라 안으로 들어갔다.

밖은 화장실 팻말이 붙어져 있었지만 내부에는 변기도, 휴지도 보이지 않았다. 1인용 공중화장실은 이름뿐이었다. 좁은 문을 통과해 들어와 보니 오래된 종이 책으로 가득한 서재가 나타났다. 책들로 빼곡히 들어선 책장들이 사방을 둘러싼 방이었다. 그리고 책장 한가운데엔 엘리베이터가 있었다.

'어! 이건…… 내가 타고 온 그 엘리베이터야.'

네모 모르게 난 속으로 비명을 질렀다. 도대체 내가 타고 온 이 엘리베이터가 왜 여기에 있는지 의문이었다. 혹시 내가 잘못 본 건 아닌지 착각하고 있는 건 아닌지. 착각이라고 하기엔 내가 탔던 그 엘리베이터랑 너무도 똑같았다. 두 번의 이동을 했던 그 엘리베이터는 나를 떨어뜨린 후 흔적도 없이 사라졌었다. 지금 이건 사라지지도

않고 카드가 불러내지도 않았는데 내 눈앞에 나타난 것이다. 아니다. 내가 오기 전부터 이곳에 쭉 존재해 왔을지도 모른다.

이건 도대체 뭘까? 나는 영문도 모른 채 일단 네모와 함께 엘리베이터를 타고 지하로 내려갔다. 엘리베이터의 문이 열리고 그는 내리라며 나에게 말했고 눈앞에 보이는 병상에 나를 앉혔다. 그리고는 네가 화산지대 근처에 있었기 때문에 기관지나 폐에 화상이 있을 수도 있다며 잠시 검사를 받아야 한다고 했다. 나는 일단 머리가 계속 어지럽다고 말했다. 지금의 어지러움증이 정말 화산지대에 있어서 어지러운 것인지 지금의 이 상황이 나를 어지럽게 만드는 것인지 잘은 모르지만 줄곧 정신없는 상태로 네모가 시키는 검사를 받았다. 다행히도 내 폐는 큰 문제가 없었고 다른 곳도 다 정상이었다. 그는 검사가 끝나고 내게 이렇게 물었다.

"2016년의 다른 지구에서 오셨다고 했는데 혹시 머물 곳은 구하셨습니까?"

머물 곳이라! 처음엔 1666년이 아닌 2016년으로 떨어진 나는 기약 없는 그곳의 생활에 적응하기 위해 작은 방을 구해 살았다. 지금 여기, 22세기를 접어든 이곳도 기약 없는 생활을 할지도 모른다. 카드가 언제 나를 또 다른 차원으로 보내 줄 건지. 아니면 이곳이 내 차원이동의 마지막 장소인지 나는 그 어떤 것도 알지 못했다. 이러다가 영영 떠돌면서 살아야 할지도 모른다. 아무튼 나는 머물 곳이 필요했다. 이번엔 나를 도와줄 수 있는 사람을 다행히도 일찍 만난 것 같다. 그래서 나는 네모에게 내가 일단 머물 곳이 없으니 여기에 좀 머물게 해달라고 부탁했다.

다행히도 그는 내 부탁을 들어주었다. 그는 2016년에 왔다는 내 말이 흥미로운 건지 아님 정말 내 말을 믿는 건지는 잘 모르겠다. 흔쾌히 부탁을 승낙한 이유도 궁금했다.

그는 내가 이곳에 도착에 처음으로 만난 사람이다. 어쩌면 내가 떨어진 화산지대 근처를 지나다가 내가 그곳에 떨어진 장면을 목격한 건 아닐까 하는 생각도 들었다. 혹은 내가 온다는 걸 미리 알고 있을지도 모른다.

아무튼 나는 그가 어떤 사람인지도 궁금했다. 그리고 그가 안내한 이 공중화장실 속 집, 그리고 그 안에 있는 엘리베이터는 내가 타고 온 엘리베이터와 너무도 닮아 있었다. 머릿속은 점점 복잡해졌다. 그리고 뱃속에선 배고픔의 소리가 계속 들려왔다. 난 먹을 게 필요했다. 그도 나의 배고픔을 눈치챘는지 점심시간이 다 되었다면 밥을 가져온다고 잠시 기다리라고 했다. 다시 돌아온 그가 가지고 온 것들은 내가 2016년의 한국에서 본 음식들과 비슷한 것들이 많았다. 그리고 그는 젓가락을 내게 건넸다. 젓가락은 내가 살던 2060년에 거의 사용하지 않았다. 그런 도구가 22세기를 접어든 지금에 다시 볼 수 있다는 게 신기했다. 2060년에도 사용하지 않던 도구가 그보다 먼 22세기에 다시 사용되고 있다니. 도구의 퇴행이 일어난 건가 하는 생각이 들었다. 어쨌든 이상한 점이 많은 점심식사였다. 우리는 서재 옆 공중에 매달린 책상에서 식사를 했고 내 앞에 앉은 네모는 태연히 종이 책을 읽으면서 밥을 먹었다. 22세기에 접어든 이곳, 공중 화장실 팻말이 쓰인 네모의 집에서 정확히 말하면 그의 서재에서 네모와 식사를 하고 있다.

22세기 사람과 21세기의 음식이라니. 참 신기한 일이 아닐 수 없었다.

네모는 식사가 끝난 후 2시간 정도 낮잠 자고 쉬어야 한다며 나 혼자 집 구경을 하라고 했다. 그리고 정확히 2시간이 지난 후 다시 여기에서 만나자고 시간을 지켜 달라고 했다. 또한 집안의 방이 너무 많아서 길을 잃지 않게 조심하라고 했고 많은 방을 다 보기엔 힘들 거라고 말했다. 그리고 열지 말라는 푯말이 적힌 방문의 문은 절대 열지 말라고 신신당부했다. (그가 말한 출입금지 방은 결국 보지도 못하고 방 투어가 끝났다. 그의 말대로 방이 너무나도 많았다.) 어차피 그 방에 들어가려고 시도한다면 경보장치가 울릴 것이라며 다시 한번 경고했다. 그리고 자기는 자는 시간을 방해받고 싶지 않다는 말을 남긴 채 엘리베이터를 타고 내려갔다.

나는 일단 내가 서 있는 서재를 천천히 둘러보기 시작했다. 꽤나 많은 종이 책들이 꽂혀 있었다. 그중에서는 오래된 한글 소설도 꽤나 많았다.

"22세기에 종이 책이라니!"

감탄사가 저절로 나왔고 몇 권의 책을 뽑아서 읽어보았다. 내가 살던 2060년에는 종이 책이 거의 없었다. 책이 아닌 다른 골동품들을 좋아하는 사람들이 대부분이었고 종이 책을 좋아하는 사람들은 아주 극소수에 불과했다. 덕분에 나는 2060년의 지구에서 싸게 팔리는 오래된 종이 책을 사서 읽는 것을 좋아했다. 뭐랄까 책의 종이 냄새가 좋았다. 케케묵은 책의 냄새가 좋다며 코를 박고 냄새를 맡았다. 내가 그럴 때마다 친구 길동은 언제나 나를 구박했던 것이 생각났다. 책의 적당한 종이 두께 감이 좋았고 손이 만져지는 감촉이 정말 좋았다. 네모도 책을 좋아하는 사람처럼 유명한 고전 소설, 과학 소설, 추리 소설 등 다양한 장르들의 책들이 많았다. 꽂혀 있는 책을 찬찬히 둘러보면서 책 〈해저 2만리〉가 있는지 확인했다. 하지만 그 책만은 찾지 못했다.

나는 이 집을 조금이라도 더 빨리 구경해 보고 싶어서 엘리베이터를 탔다. 나는 네모 집의 엘리베이터를 관찰하다가 주머니 속 카드가 생각났다. 카드가 이 엘리베이터에 반응하는지도 궁금해 꺼내 보았다. 카드는 아무런 반응도 일어나지 않았다. 엘리베이터는 위아래 버튼 외에도 좌(←) 우(→) 버튼이 있었다. 경고문이 없어서 일단 오른쪽 화살표가 그려진 버튼을 두 번 눌렀다. 엘리베이터는 빠르게 올라가다가 다시 오른쪽으로 이동했다(이 작동 방식이 마치 〈찰리의 초콜릿 공장〉에서 나오는 유리 엘리베이터와 비슷해서 실제로 유리로 된 것은 아니었지만 그냥 앞으로는 이 엘리베이터를 유리 엘리베이터로 부르겠다.). 엘리베이터가 멈추고 내가 도착한 곳은 작은 영화관이었다. 여기도 나름 흥미로웠다. 영화 DVD가 빼곡히 정리된 곳이었다. 21세기 초반에 한창 유행했던 유물스러운 DVD들이 네모 집 어느 방 천장에 매달려 있었다. 그중에서는 내가 좋아하는 〈백 투 더 퓨처〉 시리즈나 〈쥬라기 공원〉 시리즈(공룡을 좋아하는 고생물학자로서 몇 가지 고증이 마음에 안 든다는 것만 빼면), 100년도 더 된 〈2001 스페이스 오디세이〉등의 고전 영화 DVD가 많이 있었다.

DVD뿐만이 아니었다. 영화관 한구석에는 팝콘을 만드는 기계가 있었다. 사실 내가 살던 2060년의 지구에는 옥수수가 멸종하고 사라진 후였다. 2050년에 급격히 악화된 공기오염으로 식물들이 다 죽어 버렸고 그나마 종자 은행에 냉동보관해 둔 씨앗들이 의문의 사고로 파괴되었고 2050년 5월 5일부로 옥수수가 공식적으로 멸종하였다. 멸종하기 전 옥수수는 곡물 중에 최고로 인기가 없는 음식이었지만 환경오염으로 더 이상 생산 못하는 멸종 옥수수가 되었다는 소식에 사람들은 뭇 내 아쉬워했다.

나는 2016년의 지구에서 영화관에 꼭 한번 가보고 싶었다. 나에겐 고전이라고 불리는 2016년에 개봉된 영화를 보면서 팝콘을 먹어보고 싶었지만 여유가 없던 나에게 불가능한 사치였다. 아직 사라지지 않은 것 중에서 영화관에서 파는 팝콘이 유난히 먹어보고 싶었다. 정작 2016년에서는 못했던 걸 지금 해 보는 것도 나쁘지 않을 것 같았다.

영화관과 팝콘, 내가 살던 2060년에는 고생물처럼 거의 사진으로만 접해 본 물건들이 내 눈앞에 존재한다는 게 실로 신기했다. 그것도 이곳은 내가 살던 2060년보다 더 먼 미래가 아니던가. 그런 이곳에서 2016년과 같은 생활을 누릴 수 있다니 너무도 신기했다.

나는 다른 방들도 빨리 구경하고 싶었지만 팝콘도 놓치고 싶지 않았다. 그래서 팝콘을 가지고 방 구경을 해야겠다고 생각했다. 내가 다가가자 팝콘 기계는 자동으로 작동되면서 팝콘 큰 컵 하나가 내 앞으로 준비되어 나왔다. 나는 얼른 팝콘 컵을 들고 유리 엘리베이터를 탔다.

집은 넓었다. 아니, 광활했다. 각종 곤충들이 모여 있는 온실부터 온갖 화석들을 모아 전시해 놓은 작은 박물관(여기서 말한 작다는 의미는 이 집 크기에 비해 상대적으로 작아 보일 뿐 일반적인 작다 개념의 작은 것이 아니다. 결론적으로 결코 작지 않은 박물관이다), 거대한 유적 그리고 처음 본 유물들을 모아 놓은 방이나, 셜록 홈즈가 사는 221B 베이커가를 그대로 가져온 듯한 실물 크기의 모형 등 거의 모든 방들이 자기만의 테마가 있었다. 방들은 과거 지구의 여러 단면을 보여주는 곳이 많았다. 그 중에는 과거 지구의 추악한 면을 보여주는 곳도 많았다. 어떤 방은 악취가 진동하는 쓰레기들로 가득차서 문을 열자 마자 난 반사적으로 문을 다시 닫아야 했다. 또 어떤 방은 자욱한 연기들로 가득한 대기오염을 연상시키는 방도 있었다. 네모의 집에는 방들이 끝이 없을 정도로 많았다. 정말로 끝이 없을 방이었다.

유리 엘리베이터의 버튼은 상(↑) 하(↓) 좌(←) 우(→)이 네 개였고 어떤 버튼이 어떤 곳으로 나를 인도할지 난 아무것도 몰랐다. 그리고 작동법이 서툰 내 실수로 몇 번이나 길을 헤맸다. 이상하게 집의 입구에서 멀어질수록 빈방이 많아 보였다. 이제 곧 네모가 낮잠에서 깨어날 시간이다. 나는 늦지 않으려고 한 10분 정도 전에 미리 서재로 돌아왔다. 네모가 말한 두 시간의 낮잠시간을 어떻게 맞추었냐 하면 유리 엘리베이터에 있던 시계 덕분이었다. 나는 엘리베이터를 탔다가 나왔다가 하면서 중간중간 시간을 확인하였다. 덕분에 나는 시간에 맞춰 다시 서재로 돌아올 수 있게 되었다.

내가 도착했을 때 네모는 책장 옆 책상에 앉아서 책을 읽고 있었다. 엘리베이터에서 나와 인기척을 냈지만 그는 내가 자신의 반대편에 앉을 때까지도 책에 열중해 한마디도 하지 않았다. 나는 그를 방해하고 싶지 않았다. 대신에 나는 그에게 물어볼 것들을 머릿속에서 정리하며 반대편에 앉아 기다렸다. 시간이 지나 조금 지루해서 '말을 걸어볼까?'라는 생각도 했지만 그냥 고개를 돌려 반대편 책장을 바라보았다. 잠시 뒤 네모가 책을 덮었고 나는 다시 고개를 돌려 그를 바라보았다. 그리고 우리는 그때부터 아주 긴 대화를 나누기 시작했다.

3. 22세기

네모가 먼저 말을 꺼냈다.

"책은 참 신기합니다. 같은 책을 읽는데도 매번 새롭게 느껴지고 읽으면서도 매번 새로운 것들이 보입니다. 책은 정말 소중합니다. 그런데 귀한 이 책들이 더 이상 필요 없는 존재가 되어버렸다는 게 안타까울 뿐입니다. 사람들은 자신들의 머리에 작은 인공 칩을 박아 칩을 통해 정보들을 저장해 두려고 하죠. 그러고는 자신들이 책보다 그리고 컴퓨터보다 더 뛰어난 존재가 되었다고 착각합니다. 인간들은 이제 스스로 생각도 하지 못하고 머릿속 칩의 생각을 읽어내는 칩의 종속물이 되어버렸습니다."

"저도 책을 등한시하는 사람들이 싫습니다. 그들에게 책은 고

리타분한 물건이자 집에 두기엔 무겁고 귀찮은 물건이겠지요. 사람들은 더 가볍고 세련된 것들을 계속해서 찾고 취하려고 하는 데 익숙해져 버렸어요. 그렇게 점점 편의에 길들어지고 있는 겁니다. 모든 편의가 다 좋은 건 아닌데 이젠 좋고 나쁨까지도 정확하게 판단하지 못하는 지경까지 간 겁니다."

네모의 질문은 당황스럽지만 나도 그의 의견에 동의했다. 2060년이나 22세기 접어든 지금이나 사람들은 변하지 않았다.

"제가 몇 가지 궁금한 것을 좀 물어봐도 괜찮……"

그는 미동도 하지 않다가 갑자기 앉은 자세를 바꾸었다. 내 말은 아랑곳하지 않고 자신의 말을 이어갔다.

"이 서재에 꽂힌 책들도 원래는 이 도시에 하나밖에 남지 않은 오래된 도서관의 책들이었습니다. 사람들은 책보다 진짜 같은 가상 현실게임에만 관심이 많습니다. 그리곤 게임을 즐길 수 있는 곳이 부족하다며 도서관을 통째로 없애려고 했답니다. 도서관 건물과 여기 있는 책들 모두를 말이에요. 그때 제가 그 책들을 가져오지 않았더라면 이 지구에서는 더 이상 종이 책은 존재하지 않았겠지요."

"그럼, 여기에 있는 이 책들이 이 지구에 남아 있는 전부라는 말입니까?" 나는 경악했다. 종이 책이 없는 도서관이라니!

"네. 여기에 있는 책들뿐만 아니라 화석과 유물들도 이곳을 제외하면 모두 없애 버렸습니다. 저는 그것들은 저의 집 방에 보관하고 있습니다. 그보다 난 당신이 왜 이곳에 왔는지가 궁금합니다."

한창 책과 도시의 이야기를 하던 네모의 질문이 당황스러웠다. 그가 이 집의 주인으로서 당연히 물어볼 수 있는 질문이었다. 그리고 충분히 예상한 질문이었다.

"제가 처음 말씀해 드린 대로 사실 저는 2016년의 지구에서 차원이동을 통해 왔습니다. 어쩌다가 또 오류가 생겼고 그 오류로 인해 화산지대에 떨어졌지요. 그리고 당신을 만난 겁니다."

"어쩌다 '또' 생긴 오류라고요? 그럼 그 이전에도 비슷한 일이 있었던 겁니까?"

내 대답에 대한 그의 첫 반문은 날카로웠다. 그도 2016년에 만난 어린 수혁처럼 나의 차원이동을 믿는 것 같았다. 그래서 난 처음 만난 네모에게 내가 이곳에 온 경유를 말해 주었다.

"네, 맞습니다. 첫 번째 차원이동은 제가 원래 태어나고 살던 2060년의 지구에서 있었던 일이었고, 저는 원래 1666년의 지구로 가기로 되어 있었습니다. 그러나 무슨 이유였는지 모르겠지만 1666년이 아닌 2016년의 지구에 떨어졌던 겁니다."

"2060년의 지구와 2016년의 지구라니. 저는 좀 더 명확한 설명이 필요합니다. 그래야 저도 정확한 판단을 할 수 있으니까요. 그리고 지금부터 당신에게 있었던 모든 일을 하나도 빠짐없이 이야기 듣고 싶습니다. 어떠한 거짓말도 없이요."

네모의 목소리는 단호하면서 진지했다.

"네, 알겠습니다. 제 이야기를 하기 전에 이 도시에 대해 물어볼 게 있습니다."

"좋습니다. 하십시오."

"제가 이 지구에 불시착해 처음으로 당신을 만난 그 화산지대는 도대체 어디입니까?"

"그곳은 백두산이었습니다. 뭐 여기선 화산 폭발이 자주 있는 일이라 별로 놀랍지도 않지만 이번 화산 폭발은 이상한 기분이 들어 저 혼자 탐사를 나간 건데 그러던 중에 그곳에서 정신없이 뛰어오는 당신을 만난 겁니다."

그는 잠시 말을 멈추려는 듯하다가 다시 말을 계속 이어갔다.

"화산지대에서 만난 당신이 정신병 환자일 거라고 생각했습니다. 화산폭발이 일어나는 그곳에 방독면 하나 없이 뛰어다니는 사람은 없으니까요. 내 앞에 정신을 잃고 쓰러진 당신을 그냥 둘 수는 없었습니다. 우선 가까운 곳으로 피신시키고 당신을 살펴보았습니다. 당신이 깨어난 후 갑자기 놓고 온 물건이 생각나 다시 그곳을 찾았고 제 물건과 당신의 물건이라고 생각되는 가방을 들고 집으로 돌아왔습니다. 먼저 죄송하다는 말을 하겠습니다. 오는 길에 당신의 가방 안을 허락 없이 보았습니다. 지금껏 보지 못한 옛물건들과 책들이 있더군요. 그래서 전 당신이 보통 사람이 아니라는 판단이 섰습니다. 그리고 엘리베이터를 탔을 때 당신이 꺼내든 그 카드를 보고 시간여행자의 말이 사실일지도 모른다는 생각을 했습니다."

나는 네모의 말을 듣고만 있었다.

"저는 자유롭게 방을 구경하는 당신을 지켜보았습니다. 다시 한번 죄송하다는 말을 하겠습니다. 제가 낮잠을 잔다는 핑계로 2시간 동안 잠시 저 아래에 내려가 있었고 그곳에서 당신이 하는 행동을 쭉 지켜보았습니다."

"그럼 제가 이 집을 돌아다니고 구경하는 동안 저를 감시했다는 말입니까?"

네모는 나의 격양된 어조가 거슬렸다는 듯이 나를 쳐다 보는 눈은 분노로 가득 차 있었다.

"저는 당신께 이 집에서 잠시나마 머물 수 있게 해드렸고 당신에게 마음대로 돌아다닐 수 있는 자유도 줬습니다. 그리고 제가 당신을 지켜보지 않겠다고 약속이라도 했나요? 저는 당신을 처음 만났을 때 화산 쇄설류에 휩쓸려 죽게 내버려둘 수도 있었습니다. 그리고 정신병 환자라면서 어디 관국에 신고해 당신을 넘겨버리면 그만이었지요. 하지만 저는 당신을 구해줬고 신고도 하지 않았으며 떨어진 당신의 소지품까지 주워다 주었습니다. 보다시피 이렇게 마주보고 앉아 이야기할 수 있게 해주었습니다."

윽박처럼 들리는 네모의 말에 다시 머리가 아파오기 시작했다.

"이 시대는 참 적응하기가 힘든 것 같습니다. 요상한 기계에 공중 화장실 속에서 큰집이 나타나고 백두산이 폭발하는 게 비일비재하다니요. 그리고 지금 내 눈앞의 당신이 저를 적대하면서 말을 하고 있습니다. 당신이 베푼 호의는 정말 고맙지만 지금 이 모든 상황이 혼란스럽습니다"

"아까 말했다시피 저는 당신을 도와줄지 말지에 대해 정확한 판단을 내려야 했기에 당신에 대한 정보가 필요했습니다. 결코 당신에게 적대적인 것이 아닙니다. 당신의 말이 타당한지 제가 객관적으로 판단하려는 겁니다."

네모와 나는 잠시 대화를 멈추었다. 네모는 서재 밖으로 나가 따뜻한 차를 가지고 왔다. 서로 차를 마시면서 흥분을 가라앉히자는 의미였던 것이다. 그리고 내가 먼저 입을 열었다.

"저도 질문 하나해도 될까요?"

"하십시오."

"바로 이곳, 1인용 공중 화장실이라고 쓰인 푯말과 좁은 문을 통해 들어온 이곳. 외부와는 전혀 다른 이 공간은 도대체 무엇인가요? 천장에 매달린 물건이며, 끝없는 방들이며 전 이 모든 게 도저히 이해가 가지 않습니다. 그리고 당신은 내 카드를 보고 저의 말을 믿었다고 했습니다. 그 말은 당신이 이 카드가 무엇인지 알고 있다는 이야기입니다. 이 카드가 무엇인지 압니까?"

"네. 잘 압니다. 하지만 그것에 대해 자세히 설명해 드리기 전에 당신에게 묻고 싶은 게 있습니다. 당신은 이미 두 번씩이나 다른 시대의 지구로 차원이동을 했다고 했습니다. 혹시 당신이 들고 있던 그 카드를 통해서 이동한 것입니까?"

"네! 맞아요. 어떻게 그걸 알고 있죠?"

나는 이해가 가지 않았다. 네모가 카드의 비밀을 알고 있다는 건, 카드와 연관된 사람이라는 것이다. 2016년 지구에서 난 차원이동과 관련된 사람이나 단서를 찾으려고 노력했지만 실패했다. 그리고 여기로 와 내 카드를 단번에 알아보는 사람을 만났다. 이를 도대체 어떻게 설명할 수 있겠는가? 흥분된 마음을 가라앉히고 네모의 질문에 대답했다.

"첫 번째 차원이동은 이상한 방에서 (나는 유리 엘리베이터를 가리키며 말했다.) 탄 저 엘리베이터와 똑같이 생긴 엘리베이터를 타고 이동했습니다. 그래서 저는 당신의 집 엘리베이터를 보고 정말 깜짝 놀랐습니다. 두 번째 차원이동은 제 카드 속에 안내한 다른 엘리베이터를 타고 이곳으로 이동해 온 것입니다. 그런데 이상하게도 두 엘리베이터 모두 오류가 있었던 건지 제 예상과 다른 곳으로 도착하게 되었지요."

"그렇군요."

그는 자신의 짐작이 맞았다는 듯 고개를 끄덕이며 표정 지었다. 그리고 내게 그 이상한 기술에 대해 설명을 해주기 시작했다.

"제 생각에는 당신이 처음 엘리베이터를 탄 공간도 아마 이 시대의 기술로 만들어진 공간일 겁니다. 제가 알기로는 이 기술은 제가 사는 이 지구가 2089년에 접어들었을 때 처음 등장한 기술입니다. 원리는 간단히 말해 당신이 들고 있는 카드나 제가 들고 다니는 이 카드에 들어 있는 특수한 원소에 있습니다. 이 원소는 초끈이론에서 말하는 여분의 차원(물론 여기서 말하는 여분의 차원과 실제 초끈이론에서의 여분의 차원은 명백히 다른 개념이란 걸 알아두길 바란다.)과 연결되는 구멍을 열수 있는 촉매제의 역할을 하는 물질입니다. 2089년 과학자들은 이 물질을 인공적으로 합성해냈고 이 물질에 매우 큰 전기적 자극만 가한다면 안정적인 차원의 문을 만드는 것이 가능하다는 것을 발견해냈습니다."

네모가 해주는 이야기를 제대로 이해하지는 못했다. 2016년의 지구에서 틈틈이 물리학을 공부했지만 네모의 말에서 내가 알아들을 수 있는 부분은 이 지구의 과학자들이 무엇인가 상상을 초월하는 것을 만들어냈다는 것뿐이었다.

네모는 계속해서 자신의 설명을 이어 나갔다.

"최초로 발견된 이 입자를 토대로 과학자들은 당시 과학기술과 접목시켜 여분차원의 문을 마음대로 열고 닫을 수 있는 장치를 만들기 시작했습니다. 점점 그 장치를 소형화시키고 특정 여분차원으로 가는 문만 열 수 있도록 하는 데까지 약 1년이 걸려 완성시켰습니다. 그리고 개발과 개발을 거듭한 끝에 99%의 확률로 안정적이게 작동하는 장치를 개발하는 데 성공합니다. 그리고 그때 그 과학자들이 그 기술을 활용해서 처음으로 제작해 출시 직전까지 가게 된 제품이 바로 당신이 들고 있는 그 트럼프 카드입니다."

나는 너무나도 놀라서 들고 있던 찻잔을 손에서 놓칠 뻔했다.

"그럼 당신의 말대로라면 이 카드가 2090년의 이 지구에서 만들어진 것입니까?"

"네, 맞습니다. 2090년에 만들어진 카드입니다. 제가 오히려 더 궁금합니다. 당신이 그 카드는 어떻게 손에 넣게 되었는지 말입니다. 그리고 나머지 카드도 함께 보여주었으면 합니다."

"저에게는 이 한 장의 카드뿐입니다. 나머지는 없습니다. 전 이 카드를 제 친구를 통해서 받았고 제가 알고 있는 이 카드는 그저 총 54장의 카드 세트 중 일부라는 것과 제가 살던 2060년 지구의 과학자들이 그 카드들을 하나씩 나누어 가지게 되었다는 것입니다."

네모의 표정은 점점 더 어두워졌다.

"당신이 들고 있는 그 카드는 2090년에 만든 54장의 카드 중 하나입니다. 차원이동이 가능한 카드가 개발되었다는 소식을 듣고 사실 모두들 기뻐했습니다. 인간의 과학기술 진보가 결국 차원이동까지 만들어냈다며 사람들은 자신들의 위대함과 우월감에 사로 잡혀 한동안 시끌벅적 했습니다. 하지만 개발되고 판매가 되기 직전에 문제가 있다는 것이 밝혀지면서 판매도 생산도 하지 못한 채 프로젝트는 폐기가 되어버렸습니다. 수백 장의 카드 중 이제는 단 10세트밖에 남지 않았습니다."

"카드에 생긴 문제가 심각한 거였습니까?"

"네. 이상하게도 엘리베이터 부분에서 계속 오류가 생겼습니다. 과학자들은 차원이동을 위한 도구로 엘리베이터를 선택했습니다. 엘리베이터는 어떤 우주선이나 비행기보다 접하기 쉬운 이동수단이기 때문입니다. 카드를 들고 걸어 들어가면 되기 때문입니다. 그런데 그 엘리베이터 부분의 오류를 해결하지 못했던 것입니다.

당신이 여러 평행우주의 지구를 옮겨 다녔다고 말한 것처럼 엘리베이터에 들어간 사람이 갑자기 사라지는 현상이 발견된 것이었습니다. 한 과학자가 엘리베이터를 타고 빠른 속도로 이동하던 중 갑작스러운 엘리베이터의 추락으로 사라졌고 사람들은 그를 결국 찾지 못했습니다. 그리고 그의 흔적은 그가 주머니에 들고 들어간 카드들과 함께 사라졌습니다. 많은 과학자들의 노력에도 불구하고 결국 오류를 해결하지 못한 채 이 프로젝트는 종료되었습니다."

카드의 사실을 알려주는 네모의 표정은 슬픔과 괴로움으로 점점 일그러졌고 더 이상 말을 하지 않았다. 이상했다. 나는 갑자기 강한 의구심이 들어서 물었다.

"그럼 당신은 어떻게 이런 사실을 잘 아는 겁니까?"

네모는 내 물음에 대답하지 않은 채 자신의 말을 계속 이어 나갔다.

"2060년의 지구에 살던 당신이 그 카드를 들고 차원이동을 했다는 건 그때 사라진 그 과학자가 다른 어딘가의 차원으로 이동해 살아 있다는 것이겠군요."

또다시 우리 둘 사이에 정적이 흘렀다. 정적을 먼저 깬 건 네모였다.

"인간에 대해 어떻게 생각합니까?"

네모가 앞선 내 질문에 빨리 대답해 주길 바랐다. 하지만 뜬금없는 질문으로 날 당황하게 만드는 네모에게 나는 반문했다.

"인간의 무엇에 대해서 어떻게 생각한다는 겁니까?"

"인간의 어리석음과 헛된 망상에 대해서 당신은 어떻게 생각하는지 묻는 겁니다."

앞서 내가 한 질문의 대답을 듣고 싶으면 네모의 질문에 먼저 대답해야만 했다. 나는 어떻게 대답해야 할지 고민했다. 그리고 평소에 내가 생각해 왔던 사람의 미래에 대한 이야기를 그대로 들려주는 게 나을 거라는 생각했다.

"저도 인간의 어리석음에 대해 잘 압니다. 제가 살던 2060년에도 인간들의 어리석은 행동을 많이 봐 왔으니까요. 전 2090년에는 인간들은 그래도 더 나을 줄 알았습니다. 하지만 나아지지 않고 오히려 2060년보다 상황이 악화되었다니 마음이 괴롭습니다. 사람들은 실수라는 걸 하고 다음에는 절대 실수하지 말아야지 라고 이야기합니다. 허나 실제로는 그렇지 못합니다. 그들은 과거의 실수를 잊어버리고 평생 같은 실수를 반복하며 살지요. 또한 인간은 다른 종들과의 조화를 모르고 그들을 존중해 주지도 않습니다.

그리고 자신의 끊임없는 욕망을 채우기 위해 모든 편의를 생각해 냅니다. 덕분에 과학기술이 발전했다고 하지만 제 생각에 인류는 오히려 점진적으로 인간이 스스로의 욕망을 억제해 가며 발전하려고 노력해야 했습니다. 다름을 인정하고 이해하며 공존을 위해 최소한의 노력이라고 해야 했습니다. 하지만 보십시오. 과학이 아무리 발전하고 뛰어난 인류가 다시 거듭난다 해도 대부분은 만들어진 틀 속에서 살며 그 틀을 벗어나려고 하지 않았습니다. 오히려 그 틀에서 벗어나지 못한 채 손발 묶인 수동적인 인간으로 살아가게 됩니다. 똑똑한 바보가 되는 겁니다. 당신과 나도 인간이라는 점에서 똑같이 한계가 있습니다. 인간의 습성을 알고 타인에게 경계와 경고를 보내는 데도 한계가 있습니다. 결국 지금까지도 자신의 욕망보다 우선시 되는 건 없습니다. 욕망의 그늘에 살면서 자신과 다른 존재를 싫어하고 하찮아 하며 두려워하는 비겁한 존재가 되어버렸습니다.”

"그럼, 당신이 보기에 인간은 실수를 반복하는 행위를 계속 하다가 결국에는 자멸할 것으로 보는 겁니까?”

"사실 지구상에 살고 있는 생명체 중 자연스럽게 멸종한 것들이 대부분입니다. 자연의 섭리를 따르는 것이죠. 하지만 인간처럼 자신을 비롯한 다른 생명체들까지 자멸로 끌고 간 생명체는 없습니다. 저도 인류가 언젠가는 스스로 자멸의 길로 갈 것이며 더 이상의 희망은 없다고 생각했었습니다. 제가 2016년의 지구에 가기 전까지는 말이죠.”

"2016년의 지구라고요? 거기에서 정확히 어떤 일이 일어났습니까?"

"2016년의 지구는 제가 살던 2060년과 당신이 이야기한 2090년과는 많이 다르지 않았습니다. 우리 시대에 만연한 인간의 욕망이 그 시대에서도 많이 나타나곤 했습니다. 하지만 그곳에서 한 아이를 만나고 생각이 조금 바뀌었습니다. 그 시대를 사는 사람들은 태어난 순간부터 욕망을 갈구한 건 아니었습니다. 적어도 눈앞의 편의만 바라보는 것이 아니었습니다. 보이는 것만 추구하는 사람도 많지만 다른 사람들이 보지 못하는 관점에서 앞으로 살아갈 길을 제시해 줄 수 있는 그런 사람들도 많았습니다. 생각이라는 것을 하면서 인류의 존속을 열심히 고민하는 사람들이 많았습니다. 그들은 사실 자신들이 어떤 일을 하는지 모른 채 미래를 위해 열심히 생각하고 행동하며 살아가고 있었습니다. 어쩌면 그런 사람들 덕분에 인류는 스스로 자멸의 길로 들어가지 않고 앞으로도 존속할 수 있을 거라 저는 생각합니다."

"하지만 그런 사람들에게도 결국에는 인간이라는 한계가 존재합니다. 당신과 제가 여기서 이런 이야기나 하고 있으면서 실질적으로 아무것도 바꾸지 못한 것처럼 말입니다. 그리고 그런 사람들이 더 이상 없다면 그때는 정말 인간이 이 지구에서 사라지겠죠."

그의 말투에서 인간에 대한 증오심이 느껴졌다. 그는 인간이라는 존재와 인간이 만들어낸 미래에 대해 극도로 부정적이었다.

"이제 보니 당신은 저에게만 적대적인 게 아니었군요. 당신은 인간 그 자체를 증오하는 것 같습니다. 그래서 스스로를 '네모'라고 말하는 겁니까? 책〈해저 2만리〉의 네모 선장처럼요."

그는 내 말에 화가 단단히 난 것 같았다. 그의 얼굴이 점점 빨개지면서 목소리가 고조되었다.

"저는 네모 선장과 다릅니다. 〈해저 2만리〉 속 네모 선장은 현실세계를 부정하면서 바다에서 살길 원하는 인물입니다. 네모 선장은 자신의 조국을 향한 마음이므로 조국의 적을 적대시하면서 복수심에 가득 찬 사람입니다. 저는 이 현실을 부정하진 않습니다. 조국을 위한 애국심도 상대편에게 복수심도 보이지 않습니다. 저에게 조국이란 무의미한 것이니깐요."

"그럼, 여기선 당신을 포함해 모든 사람이 조국이 없다는 말입니까?"

"당신이 살고 있는 2060년에는 국가가 존재했습니다. 하지만 지금은 그때와 다릅니다. 지구의 90% 인간들은 조국이란 개념이 없습니다. 많은 국가들이 사라지거나 국가라는 단위 자체가 거의 희미해져 갔습니다. 부모님이 저를 낳았을 당시, 국가는 재난과 환경문제, 국민들의 대규모 해외이주로 인해 이미 존재 자체가 의미가 없었습니다. 국가가 사라지게 된 것도 자연스럽게 진행되었던 것입니다. 그래서 이 지구에 사는 사람들은 인간일 뿐 더 이상 어느 나라의 사람도 아닙니다. 혹시 모르죠. 국가에 대한 애국심이 남은 나머지 10%의 인간들이 계속 조국을 칭하고 조국의 의미를 소중히 다루고 있을지도 모릅니다."

또 한 번 충격이었다. 여기선 국가가 없었다. 조국도 무의미했고 소속도 무의미했다. 내가 그를 '네모 선장'과 같은 네모라고 칭했을 때 적어도 그는 조국에 대한 사랑이 가득 찬 모험가일 줄만 알았다. 하지만 네모는 정말 '누구도 아니다'라고 자신을 소개한 것이다. 그는 조국도 없었고 소속도 없었으며 같이 이야기를 해줄 사람이 없어 보였다. 왠지 지금의 네모는 줄곧 외롭고 쓸쓸하게 지 냈던 것 같다. 그가 인간에 대해 비추는 부정적인 시선이 네모 자 신에겐 어쩜 당연한 일일지도 모른다.

"네모. 나는 2090년에 대해 잘은 모릅니다. 하지만 내가 살고 있 던 2060년보다 더 많은 발전과 발견을 해왔습니다. 당신이 말하는 인간의 미래가 다 부정적이진 않을 겁니다. 발전을 위해 애쓴 누군 가처럼 미래를 위해 애쓴 사람도 많았을 겁니다. 그렇지 않나요?"

"네. 과학의 힘을 증명한 것들이 정말 많습니다. 그리고 인류는 2080년부터 2090년까지 1000년에 거친 발전을 10년 동안 해냈 습니다. 이건 정말 대단한 일이었습니다. 과학은 비약적인 발전으 로 승승장구하는데 22세기를 접어든 인간들은 그보다 더 악랄하고 추악해져 갔습니다. 보십시오! 종이 책이 필요없다면서 모든 도서관 을 없애버리려고 했고 처음에는 차원이동을 도서관 없애는데 쓰려 고 했습니다. 필요 없으면 당장 버리거나 없애버리는 게 인간입니 다. 실수는 감추기에 바빴고 문제는 아예 해결하려고 들지 않았습 니다. 그런데 당신이 말한 몇몇 사람들이 자신의 새로운 관점으로 우리에게 나아갈 밝은 미래를 보여 줄 거라고요? 그런 사람을 찾기 도 전에 지금도 인류는 자멸의 길로 스스로를 인도하고 있습니다."

나는 더 이상 그의 말에 반대하고 싶지 않았다. 그래서 나는 그 의 말에 반론을 하는 대신 다시 질문했다.

"하지만 만약에 그들이 스스로를 자멸의 길로 빠뜨리기 전에 바꿀 수만 있다는 의식과 의지를 가지고 바꾸려고 한다면, 그때 당신이라면 가만히 있겠습니까? 노력하지 않겠습니까?"

네모는 내 말을 듣자마자 코웃음을 쳤다.

"그런 의식과 의지를 가지고 있는 사람을 전 지금까지 한번도 보지 못했습니다. 그리고 그런 사람을 찾으려 차원이동 카드를 사용하겠다는 말입니까?"

"물론이지요. 차원이동을 해서라도 그런 사람들을 찾아 한마음 한뜻으로 노력한다면 우리가 먼저 행동한다면 우리를 따르는 사람이 모일 겁니다. 전 그렇게 생각합니다. 지금은 오류로 인해 더 이상 이동이 불가능하다면 전 엘리베이터 오류를 고치려고 노력할 겁니다. 나와 뜻을 같이 하는 사람을 만날 수 있다는 믿음으로 실패해도 또 도전할 겁니다."

"그들이 과연 우리의 개입을 반가워할까요? 우리가 말하는 차원이동을 믿기라도 하겠습니까? 다들 허황된 공상이라고 하지, 절대 믿지는 않을 겁니다. 오히려 미쳤다고 피할 겁니다. 당신도 여기에 도착했을 때 차원이동의 말을 처음 꺼내면서 어땠습니까? 내가 이 이야기를 들으면서도 믿어주지 않으면 어떡하나 조바심 들지 않았습니까? 인간은 절대 변하지 않는 동물입니다. 소수가 바꿀 수 있는 생물이 아니라고요."

네모의 말도 일리가 있었다. 인류는 자기 스스로에게 책임이 있다. 자연에게도 책임이 있고 지구에게도 책임이 있으며 심지어 이 우주에게도 책임이 있다. 우주 전체를 통틀어 인류만큼 지구와 자연, 우주에 자극을 준 생물도 없었다. 그리고 그들은 우리가 준 자극을 보란 듯이 되갚아 주었다. 이 모든 게 인간의 탓이다.

하지만 나는 여기서 포기하고 싶지 않았다. 인간은 자신의 잘못을 다시 바로잡을 기회가 있다면 그 기회를 반드시 잡아야 한다. 나는 네모에게 말했다.

"저는 인간이 쉽게 바뀔 거라고 생각하지 않습니다. 그저 그들 중 아주 극소수라도 우리의 지구와 자신을 제대로 보고 문제점을 찾아 바로잡고자 하는 의지를 보인다면 실패하지 않은 거라고 생각합니다. 시간은 걸리겠지만 언젠가는 사회와 사람들의 생각을 바꿔 놓을 수 있을 것입니다. 전 그렇게 믿습니다."

나는 내가 하려는 말을 이어서 했다.

"2090년, 당신이 사는 세상과 당신의 말을 들으면서 전 깨달았습니다. 내가 가지고 있는 이 카드가 우리에겐 정답과 같은 해결책이라고 말입니다. 하지만 엘리베이터의 오류를 고치지 못했다면 이 카드도 무용지물이 되겠지요. 그래서 차원이동 장치는 무슨 수를 써서라도 고쳐내야만 합니다. 그래야 뜻을 함께할 누군가를 찾을 수 있습니다. 사실 전 2016년 차원이동에 관련된 자료를 찾으려고 무진장 애를 썼습니다. 혹시 그 원리에 대해 혹은 관련된 사람이 있지 않을까 하며 찾아봤고, 관련 자료를 조금씩 모아두고 있었습니다. 그 자료는 제 가방에 고이 간직하고 있습니다. 자료는 찾았으되 사람은 찾지 못했다고 생각했는데 그게 아니었습니다. 그 사람은 바로 내 앞에 앉아 나와 이야기를 하고 있습니다."

네모는 내 말을 듣고 적지 않게 놀란 듯하였다.

"그게 바로 나라니요? 당신의 말대로라면 내가 이 프로젝트를 아는 사람이고 차원이동장치의 오류를 고칠 수 있는 사람이라는 뜻입니까?"

"네. 맞습니다. 이 카드에 대해 잘 아는 사람, 엘리베이터의 오류를 봐 온 사람. 그리고 지금 엘리베이터를 가지고 있는 사람이 바로 당신입니다. 저는 당신이 저와 함께 이 엘리베이터를 고쳐 차원이동으로 다른 지구에 가주길 원합니다. 그러면 우리와 같이 뜻을 할 사람을 만나고 지금보다 앞선 시대의 사람들의 생각을 바꾸도록 할 수 있지 않을까 생각합니다."

네모는 끝까지 내 말을 들었지만 대답은 하지 않았다. 그는 의자에 일어서서 바로 유리 엘리베이터를 탔다. 그리고 지하의 어딘가로 가 버렸다. 나는 그가 아무 말 없이 떠나 마음속이 복잡해지기만 했다. 네모 또한 마음이 복잡할 것이다. 왜냐하면 나로 인해 자신의 가치관이 무너지게 될까 봐 두려운 것이다. 네모는 나와 다른 2090년을 사는 사람이다. 그가 살아오면서 맞닥뜨린 현실은 2060년과 다르고 2016년과 다르다. 그가 봐온 비참한 현실이 그를 지금의 상태로 만들었고, 그의 눈에는 내가 헛된 희망을 품고 사는 것 같다고 보일 수도 있다. 희망 없는 그의 원론과 희망을 꿈꾸는 나의 말이 네모의 머릿속에서 싸우고 있을 것이다. 나는 지금까지 내가 아닌 누군가도 이런 말을 해주지 않았고 들어보지도 않았다. 네모에겐 시간이 필요했다. 나는 그에게 충분한 시간을 주어야만 했다.

시계는 밤 10시를 가리키고 있었다. 그때까지도 네모는 다시 서재로 돌아오지 않았다. 나는 네모를 기다리면서 책장에 꽂힌 책을 꺼내 읽었다. 칼 세이건의 책〈코스모스〉를 꺼내서 읽었다. 나는 눈으로 훑으면서 내용을 읽어 내려갔다.

칼 세이건의 말을 빌리자면 인간은 지구 너머 우주와의 소통을 하기 전에 유인원, 돌고래, 고래와 같은 지구 안에 있는 생명체와 대화를 먼저 시도해 봐야 한다.

(우리 인간은) 우리와 다르고, 두려움을 주는 동물을 괴물이라고 표현합니다. 그러나 누가 더 괴물일까요? 홀로 떨어져 낭랑하고 애조 띤 노래를 하는 고래와 그들을 사냥하고 파괴하여 멸종으로 몰아가는 인간 중에 말입니다.

〈코스모스〉 11장 '미래로 띄운 편지' 中

방금 전까지 내가 네모에게 한 말들이 생각났다. 우리는 언젠가부터 다르다는 이유로 소통을 차단했다. 인간과 유인원, 인간과 돌고래, 인간과 고래. 이 단절들은 결국에 인간이라는 종 내부에서도 일어났다. 괴베클리 테페는 과거 인간의 협동과 단결을 증명해 주고 있었다. 태초의 인간은 생존을 위한 공간이 필요했기에 사회를 만들었다. 그리고 만년이 지난 인간들은 자신들 사이에서 지속적인 갈등과 분열로 정말 멸종될지도 모른다. 지금의 이 상황을 잘 아는 다른 사람이 분열의 조짐이 보이는 그 시대로 차원이동을 해 미리 막아낸다면 어쩌면 그들 앞으로의 미래도 바뀔 수 있지 않을까 생각한다. 머뭇거리지 말고 당장에라도 시도해야 한다. 우리의 작은 시도가 가져오는 결말이 크든 작든 간에 성공할 가능성이 있다면 시도할 가치는 충분하다.

4. 또 다시 시작, 리셋 어게인

네모와 대화를 나눈 그날 저녁, 난 서재 한구석에서 책을 읽었다. 저녁엔 네모가 아닌 로봇이 나에게 저녁식사를 가져다주었다. 이 집을 활보하고 다니는 물체는 여기 이 로봇뿐이었다. 로봇이 다녀간 자리는 다시 고요했다.

김과 밥. 내 눈앞에 놓인 김과 밥을 보고 있으니 2016년 지구의 그때가 생각났다. 난 편의점 삼각 김밥을 자주 먹었는데 김과 밥은 그 안에 어떤 다른 음식이 첨가되면 맛이 달라진다. 마치 우리가 살아가는 이곳은 김과 밥처럼 지구와 자연 속에서 첨가된 각각의 사람들이 모여 산다. 사람들의 생각은 각자가 다 다르며, 어떤 행동을 하느냐에 따라 결과도 미치는 영향력도 달라진다. 그날 밤 난 네모를 기다렸지만 그는 끝내 서재에 나타나지 않았고 나는 책을 읽다가 잠이 들었다.

지난밤 나는 스쳐가는 생각이 많았다. 네모의 생각과 그의 마음도 충분히 이해한다. 네모는 아마도 사랑하는 사람들에게 많은 실망감을 경험하지 않았나 싶었다. 하지만 나는 네모가 분명히 나의 뜻을 같이 할 거라 믿는다.

다음날 아침, 나는 이 집 구석구석을 계속 탐험해 보기로 했다. 나는 유리 엘리베이터 조작이 금세 손에 익었다. 짧은 시간에 상하좌우 버튼을 눌러가면서 그 많은 방들을 볼 수 있었다. 이번에는 영화 속에서만 보았던 거대하고 기괴한 오르간이 있는 방을 보았고, 또 어떤 방은 작은 배 모형들로 가득 찼으며, 다른 어떤 방은 이상한 화학 장치 기구들, 거대한 개미집이 있는 방도 있었다. 네모가 꾸며놓은 방들과 수집품들을 보고 있으니 혹시 네모가 나를 기다리는 건 아닐까 해서 재빨리 서재로 발걸음을 옮겼다.

저녁때가 다 되어도 네모는 오지 않았다. 네모가 걱정되었지만 그를 재촉할 순 없었다. 네모가 없는 서재에서 우두커니 앉아 책을 계속 읽어 나갔다. 이번에도 역시 고요함을 깬 건 어젯밤에 본 이 집의 유일한 로봇이었다. 로봇은 나에게 쪽지 한 장을 건네주고 사라졌다. 네모가 쓴 쪽지였다.

> *당신의 카드를 한번 확인해*
> *보고 싶습니다.*
> *오늘 저녁 7시.*
> *엘리베이터를 타고*
> *내려 오십시오.*

날은 저물어 시계 바늘이 7시를 향하고 있었다. 나는 소지품을 챙겨서 엘리베이터 문 앞에 섰다. 7시 정각, 엘리베이터 문이 저절로 열렸고 내가 타자마자 자동으로 닫혀버렸다. 그리고 버튼을 누르기도 전에 엘리베이터는 알아서 나를 아래로 데려갔다.

그곳엔 기계장치들이 굉음을 내면서 움직이고 있었다. 그 방은 그전까지 보아왔던 방들과는 전혀 다른 느낌이었다. 알 수 없는 기계들이 계속해서 작동되고 있었고 기계는 작동하면서 몸집이 점점 커지는 듯했다. 움직이면 움직일수록 비대해졌다. 기계 옆에는 곤충 생김새를 한 로봇들이 기계 작동의 보조를 맞추고 있었고 그 사이에 네모가 보였다.

내가 다가가자 네모는 대뜸 손부터 내밀었다. 나는 그가 카드를 보여 달라는 손짓이라고 여겼다. 내 주머니 속 ♠에이스카드를 꺼내서 그의 손에 올려놓았다. 그는 손 위에 카드를 그대로 둔 채 내가 2016년에서 이곳으로 오게 만든 그 주문 같은 글귀를 입으로 되뇌었다.

'그가 카드의 비밀을 알고 있어'

네모는 분명 카드의 비밀을 알고 있었던 것이다. 카드는 그때처럼 작동되었다. 카드에서 뿜어져 나오는 빛, 갑자기 튀어나온 미지의 문까지 2016년 나의 작은 방이 지금 다시 재현되고 있었다. 네모는 그 문을 열었고 나에게 들어가자고 손짓했다.

* * *

Any sufficiently advanced technology is
indistinguishable from magic.

충분히 발달한 과학기술은 마법과 구별할 수 없다

나와 네모는 카드가 안내하는 문으로 같이 들어갔다. 우리가 발길을 옮긴 그곳으로 엘리베이터가 내려왔다. 네모는 그 엘리베이터를 자세히 살펴보더니 자신의 주머니 속에서 또 다른 카드를 꺼내 엘리베이터를 스캔하듯이 위에서 아래로 훑었다. 미연의 오류를 방지하기 위해 우리는 엘리베이터에 들어가 잠시 내부를 살펴보았다. 외부엔 내가 보았던 금박장식의 글귀가 보였다. 이 엘리베이터는 2016년에 내가 타고 온 그 엘리베이터가 분명했다.

어떻게 이럴 수가! 나는 머릿속이 하얘졌다. 네모에게서 카드를 돌려받자마자 나는 앞뒤로 뚫어지게 카드를 확인했다. 카드에선 전에 보았던 글귀가 전혀 보이지 않았다. 그런데 네모는 카드의 글귀를 되뇌었다. 그리고 그는 카드에 대해 모르는 게 없었다. 혹시 카드를 만든 과학자들 중 하나가 바로 네모가 아니었을까 하는 의심이 들었다. 네모는 넋을 읽고 자신을 바라보는 나를 흔들었다. 그리고 혹시나 모를 오작동이 있을 수 있으니 우리는 밖에 서서 엘리베이터의 오류를 살펴보자고 네모가 물었다.

네모는 아직도 나와 2016년에 카드를 작동했던 그때가 궁금했던 모양이었다. 그가 나에게 말했다.

"나머지 카드는 그럼 어떻게 다른 과학자들의 손에 들어가게 된 거죠? 당신 카드를 제외하고 51장의 카드가 다 다른 과학자들의 손에 있다는 겁니까?"

네모는 나의 대답을 재촉했다.

"이 프로젝트를 직접 지휘한 사람은 저도 잘 모르지만은 저를 포함한 51명은 그들에게서 선택되었습니다. 단지 각각의 분야에 따라 그리고 차원이주 프로젝트에서의 중요도에 따라 카드를 받는 부류를 넷으로 나누었고 카드는 비밀리에 전달되었습니다."

"차원이주 프로젝트라고 하셨습니까? 그 말은 당신이 온 2060년의 지구도 희망이 없었나 보군요. 그 거대한 프로젝트를 실행하면서 카드를 받은 사람들이 그 카드를 제대로 알고 있지도 않다는 건 말이 되지 않습니다. 카드가 어떤 역할을 하는지 어떻게 작동되는지, 차원이동의 성공률이라든지, 기술에 대한 신뢰도라든지, 만에 하나 변수가 생긴다면 어떻게 대응해야 하는지조차 전혀 준비가 되지 않은 채 급하게 진행한 걸 보면 말입니다. 당신이 가고자 했던 2016년의 지구 차원이동도 결국 지금 말한 그 프로젝트에서 진행한 겁니까?"

"저는 단지 인류를 다른 평행우주의 지구에 이주하기 위한 이 프로젝트의 선발대에 속했을 뿐입니다. 그리고 제가 가고자 했던 지구는 2016년이 아니라 1666년이었습니다. 제가 떠난 후부터 아마도 인구의 88% 가량이 이미 다른 지구로 이주했을 겁니다."

"2016년이 아니라 1666년이라고요? 설마! 결국엔 엘리베이터의 오류는 그때도 나타난 겁니다. 당신은 그 오류 때문에 잘못된 시대에 떨어진 겁니다. 하지만 그 오류의 근본적 원인은 결국 당신이 살던 2060년의 인간의 문제라고 할 수 있습니다. 당신이 살던 2060년의 지구 사람들도 더 이상 자신이 살아온 지구를 버티지 못하고 차원 이주 계획을 세워 이동하고자 했으니까요. 그곳에서 더 이상 버티지 못했다는 건 지구에서 더 이상 살 수 없었다는 것, 살 수 없는 환경을 만든 것도 바로 인간 자신입니다. 그리고 그들은 바로 자신이 저지른 일에 대한 책임과 그로 인한 결과를 수용하려 하지 않고 그저 책임을 지지 않고 도망가려던 것입니다. 이 카드와 엘리베이터를 이용해서 말이죠!"

나는 그의 말에 더 이상 대꾸할 수 없었다. 따지고 보면 그의 말은 모두 사실이었으니까.

그는 다시 차분해진 목소리로 물었다.

"그러고 보니 이 엘리베이터에는 이상하게도 2060년식 기술 치고는 꽤나 오래된 기계장치를 덧붙혀서 만들어졌습니다. 도대체 이 구식장치들은 어디에서 난 겁니까?"

"저도 정확하게는 잘 모릅니다. 저는 그저 제가 살던 지구의 과학자들이 이 카드의 기술을 이용해서 54개의 개별된 차원이동 장치를 완성시켜 보려고 연구했다는 건 압니다. 아마 그 2060년인 우리의 지구와 다른 지구의 기술을 결합시키는 과정에서 오류가 생겼고 결합은 포기한 채 하나의 차원구멍 기계만을 만들었을 거라는 짐작만 하고 있습니다."

"당신은 이 카드를 도대체 어떻게 얻은 겁니까? 첫 번째 차원 이동을 할 때는 다른 누군가가 준비해 준 상황에서 출발했다지만 두 번째 이동에선 준비도 되지 않은 상태에서 무작정 엘리베이터를 탄 겁니까? 첫 번째 기계 오류를 겪고도 첫 번째 자신이 잘못된 지구에 도착한 걸 알았으면 그 원인을 찾아야 하지 않습니까? 왜 변수는 생각하지 못했습니까?"

네모의 목소리는 격양되어 나를 쏘아붙였다.

"저는 기계공학자도 과학자도 아닙니다. 우리의 프로젝트엔 기계공학자와 과학자는 다른 부류에 속해 있었고, 저는 고고학, 고생물학자로서 이 선발대에 뽑힌 겁니다. 그리고 이 엘리베이터도 2090년 미래의 기술로 만들어졌다는데 제가 무슨 수로 고칠 수 있겠습니까?"

"저도 기계공학자도 과학자도 아닌 단지 곤충학자일 뿐입니다. 관심 있는 기계는 직접 찾아가며 배웠고 설계부터 작동, 수리까지 독학했습니다. 2060년의 지구에는 꼭 당신의 전공만 잘해야 한다는 법이라도 있습니까? 그걸 시켜야지만 배우는 겁니까? 직접 수리하면 되지 않습니까? 그리고 2060년의 지구 사람들은 머리에 칩도 없이 살아갑니까?"

날카롭게 쏘아붙이는 네모의 말이 약간은 빈정이 상해 화를 내고 싶었다. 22세기를 사는 사람이 2060년의 지구를 잘 모를 수 있다고 생각했고 나는 차분한 목소리로 그의 질문에 대답했다.

"2060년의 지구에서도 머리에 칩을 넣어 살아가는 사람들이 있습니다. 그땐 뇌 속에 칩을 넣는 기술의 초입단계라 원하는 정보를 얻는 것과 동시에 활용할 수 있는 수준은 되지 않았습니다. 그리고 저는 제 머리에 칩을 넣지 않았습니다. 당신은 뇌 속의 칩을 통해서 수리 기술을 배운 것이겠네요."

"저도 칩을 넣지 않았습니다." 그리고 내가 살짝 당황해하는 표정을 보이자 이내 "혹시 제 말에 기분이 상했다면 죄송합니다. 차원이동 선발대라고 해서 사전에 모든 기술과 훈련 등에 완벽해 있을 줄 알았습니다. 적어도 카드와 엘리베이터를 이용하는 사람은 큰 위험들을 겪을 수 있으며 목숨을 걸고 그 일을 해야 합니다. 그때와 같은 오류가 발생했을 때 당신은 목숨을 잃어버렸을 수 있었습니다."라고 말했다.

네모는 말이 끝나자마자 다시 점점 비대해지는 기계들 사이로 모습을 감추었다. 나는 그곳에서 네모를 기다렸다. 그리고 네모의 말을 생각했다. 그의 말이 맞았다. 그때까지 안일하게 생각한 내 자신의 무지에 스스로를 질책해야 한다. 난 목숨을 걸고 위험 속으로 뛰어들고 차원이동하는 거다. 그럼 사전에 준비가 필요한 건 당연한 것이다.

네모가 다시 나타났다. 두 손 가득 무언가를 들고 나타났다. 그리고 그는 주변에 가져온 도구들을 펼쳐 놓고 엘리베이터를 분해하기 시작했다. 오류에 대한 문제점을 찾으려고 한 것 같았다. 나는 네모 옆에서 아무것도 할 수 없었다. 한참을 엘리베이터 앞에서 네모가 하는 행동을 바라만 보고 있었다. 그러다가 그냥 거기에서 잠이 들었고 잠에서 깨어나 보니 다음날 아침이었다. 네모는 거기에 없었다. 쪼그리고 잤던 탓에 온몸이 뻐근했고 기지개를 크게 켜면서 책상 위 네모의 쪽지를 발견했다.

책상 위에 놓인
편지와 카드 잘 챙겨서
서재로 오세요.

나는 그가 하라는 대로 물건을 챙겨 엘리베이터를 타고 서재로 갔다. 서재에 있던 네모는 항상 그랬던 것처럼 한구석에 앉아 책을 읽고 있었고, 그가 앉아 있는 맞은편 책상 위엔 아침 식사로 김과 밥이 있었다. 나는 속으로 '벌써 3일째 같은 음식만 먹는군' 라고 불만스럽게 말하였다.

우리는 마주보면서 네모는 책을 읽고 나는 밥을 먹었다. 나는 네모가 읽고 있는 책을 주시했다. 책이 아닌 노트 같았다. 어! 그것도 눈에 익은 노트였다.

'저건 내 노트잖아.'

네모는 내가 자고 있는 사이 내 가방에서 노트를 꺼내 갔고 그걸 읽고 있었다. 나는 내 노트인 걸 알아차리자마자 네모에게서 노트를 낚아채려고 했다가 실패했다. 네모는 잠시 당황하더니 옅은 미소를 띠었다. 언제나 무표정한 네모였는데 내 반응이 재미있다는 듯이 이번엔 소리 내어 웃었다. 그가 말했다.

"내용이 참 흥미롭더군요. 좋았습니다."

그리고 네모의 웃음은 무표정으로 변하였다.

"당신이 여기에 오기 전 그러니까 정확히 말하자면 당신이 이 지구에 불시착하기 전 몇 달 전까지 저에게는 친구가 하나 있었습니다. 그는 나의 벗이자 내가 유일하게 믿고 신뢰하는 친구였습니다. 친구는 기계공학자이자, 화학과 물리를 연구했던 학자이며, 철학자였습니다. 그는 저처럼 책을 좋아했지만 저와는 다르게 다른 사람들에게 재미있는 이야기를 해주는 걸 좋아했고 여러 학자들과 교류하는 것을 좋아했지요. 저는 원래 사회나 사람에게는 크게 무관심했습니다. 반대로 그 친구는 저에게 항상 이 사회의 문제점과 개선방안 등을 이야기하는 것을 좋아했습니다. 덕분에 저도 차츰 그 방면에 대해 친구와 열띤 토론을 펼쳤습니다. 친구는 인류의 선행적인 행동엔 칭찬의 말을 끊임없이 하였고 인류의 멈출 줄 모르는 욕심엔 가차없는 비난을 퍼부었습니다. 그리고 친구는 자신도 인간이기에 실수를 할 때도 있고 자신의 판단이 틀릴 때도 있다고 말했습니다. 인간은 불완전하게 태어나 불완전하게 살면서 세계에 좋고 나쁨을 떠나 다채로운 모습으로 살아간다고 말했습니다.

친구는 인간세계와 단절된 채 작은 방에서 상상하고 생각하며 연구만 하는 저에게 많은 이야기를 해주었고 다른 시각으로 세계를 보도록 눈뜨게 해주었습니다. 그래서 어쩌면 당신의 길동이라는 친구와 제가 말한 그 친구는 비슷한 점이 많습니다. 우리는 서로의 친구들에게 친근함 이상의 감정과 형제애를 느꼈을 것입니다."

그는 말을 하면서도 내 노트를 계속 흔들었고 살짝 미소를 띠기까지 했다. 나는 그의 말에 집중하기가 힘들었다. 그의 손에 흔들리는 노트 때문이다. 하지만 자신의 친구 이야기를 하는 네모가 의외였고 다정스러워 보이기까지 했다. 나는 네모의 말에 집중하려고 노력했고 점차 네모의 마음이 이해되기 시작했다.

"저는 그날 우리에게 벌어진 일을 절대 잊을 수 없습니다. 저는 서재에서 곤충 날개의 기원이라는 논문을 작성하고 있었습니다. 그 친구가 저를 찾아왔고 자신에게 멋진 것이 있다며 저에게 보여주고 싶다고 했습니다. 그가 들고 있던 건 카드 몇 장이었습니다. 난 평범한 카드가 멋지냐고 물었고 그는 차원이동과 관련된 카드의 스토리를 저에게 들려주었습니다. 친구는 전에도 말했듯이 발명 초입단계에부터 완성될 때까지 자신도 계속 기다렸다면서 그리고 어렵게 그 카드를 구할 수 있다고 자랑했습니다. 저는 실제 작동이 가능하다는 친구의 말을 못 믿겠다며 더 이상 들으려 하지 않았고 그렇게 대단한 기술이면 한번 보여줘서 증명해 달라고 했습니다. 친구는 카드를 들고 글귀를 읽어 내려갔고 카드 속에서 문이 튀어나와 열렸습니다. 우리는 문을 통해 공간으로 들어와 내려오는 엘리베이터를 보았습니다. 정말 믿기지 않았습니다. 열린 엘리베이터 문으로 친구가 같이 타자고 했지만 전 거부했습니다. 친구는 "잠시 타보는 건데 뭘……" 하고는 엘리베이터를 탔고 그 순간 문이 닫혀 버렸고 아주 급속도로 엘리베이터가 아래로 떨어졌습니다. 저는 큰소리로 계속 친구를 불렀습니다. 불과 5초도 안 된 시간이었습니다. 저는 제 눈앞에서 친구가 사라진 걸 목격했습니다. 떨어진 엘리베이터도 카드도 친구도 사라져 지금까지 돌아오지 않았습니다."

"그리고 화산지대에 간 그날, 난 어떤 느낌에 이끌려 그 위험한 지역에 갔습니다. 왠지 그곳에 뭔가 있을 것 같은 느낌이 들었습니다. 그리고 당신을 만나 집으로 데려왔고 당신의 그 첫마디에 놀라지 않을 수 없었습니다. 차원이동을 해서 이곳에 왔다는 당신의 말을 처음에는 믿기 힘들었습니다. 하지만 당신은 제 친구가 들고 사라진 그 카드를 가지고 있었고 그래서 저는 당신의 말을 확신할 수 있었습니다. 제 친구는 차원이동을 해 떠났고 당신은 차원이동을 통해 나의 앞에 나타났습니다. 친구가 차원이동을 해 간 그 지구가 도대체 어느 시대인지 저도 잘 모르겠습니다. 어쩌면 당신의 노트에서 본 '보이저 2호'를 화성으로 날려버렸단 그 이야기는 제 친구가 하지 않았을까 하는 추측도 하게 되더군요. 저는 친구가 사라지고 며칠 후 실종신고를 했습니다. 그리고 자초지종을 경찰관에게 말했더니 아무도 나의 말을 믿지 않았습니다. 그 당시 카드의 완성도를 의심하는 사람은 없었으니까요. 단순 실종신고밖에 하지 못한 채 저는 집으로 돌아와 몇 날 며칠을 기다렸습니다. 아무런 소식도 오지 않더군요. 그래서 전 카드를 가지고 수소문하기 시작했습니다. 이 카드엔 문제가 있다고 사람들에게 알렸지만 아무도 저를 믿어주지 않았습니다. 그 사람들은 단지 저를 과학기술을 혐오하는 사람쯤으로 여기면서 자신들의 일을 방해하고 자신들을 괴롭힌다고 생각했으니까요. 그리고 한 달이 지났습니다. 사람들은 카드의 오류가 거짓말이 아닌 사실이라는 걸 알게 되었고 카드를 만든 기관은 이미 시중에 내 놓은 1000세트의 분량의 카드를 전부 회수하기 위해 대대적인 광고를 하더군요. 그리고 그 사람들이 저에게도 연락을 했습니다. 한 달 전 실종신고를 하지 않았느냐, 카드는 어떻게 했느냐는 식으로 저를 취조하듯 꼬치꼬치 물어보았습니다. 저는 미친 듯이 화가 났습니다. 사람이 실종되어 아직 찾지 못하고 있는데 어찌 카드 행방만을 물어보느냐며 소리질렀고 그들은 사과하지 않았습니다. 인간은 보다시피 자신의 과오를 감추기 위해 인정하지 않는 그런 비겁한 동물입니다. 1000세트 중 990세트를 회수했다고 하더군요. 나머지 10세트는 기존 버전의 초판이라고 했습니다. 결국 그 10세트는 찾지 못했습니다. 저는 그 10세트를 찾아 헤맸습니다. 반드시 카드를 구해 친구를 찾으러 가야만 했습니다. 그렇게 찾고 또 찾아서 카드 하나를 손에 넣었지만 전 떠나지 못했습니다. 전 두려움을 이기지 못했습니다. 저 또한 비겁한 인간 중 가장 비열하고 나쁜 인간이었던 겁니다."

네모의 눈가에서는 눈물이 뚝뚝 떨어지기 시작했다. 그는 잃어버린 친구에 대한 미안함과 죄책감이 들었던 것이다.

나는 그 자리에서 아무 말도 않은 채 가만히 앉아 있었다. 네모의 그 감정을 충분히 이해할 수 있었다.

"저는 인간을 미워하고 증오합니다. 우리를 지켜준다던 경찰도 정부기관도 증오합니다. 그리고 저는 저를 미치도록 증오합니다. 인간은 반성도 후회도 잠시뿐이고 같은 일을 반복합니다. 지난 과오에서 어떤 것도 느끼지 못한 채 말입니다. 잘못은 수수방관하며 피하고 자신의 욕망을 채울 궁리만 하면서 지구를 착취하고 병들게 했습니다. 인간은 고쳐 쓸 수 없는 무용지물입니다. 그 어떤 일이 있어도 변하지 않을 겁니다. 일말의 희망도 없는 존재란 말입니다. 난 그런 인간 중에서 하나인 내가 너무도 싫습니다. 두려움에 포기했던 그때로 다시 돌아가 또 기회를 얻게 된다면 나는 또다시 그 앞에서 두려움에 떨며 주저할 겁니다."

"그럼 당신은 왜 엘리베이터의 오류를 고친 겁니까?"

"네. 전 아직도 인간의 어리석음 그리고 그 마음속에 있는 끝없는 욕망이 싫습니다. 인간의 그 실수와 잘못 앞의 변명은 더더욱 싫습니다. 하지만 더 이상 인간을 미워한다는 것에 지쳐 버렸습니다. 만약 나의 이런 모습을 그 친구가 봤더라면 아마 나를 다시 다독였을 겁니다. 당신처럼 새로운 시각을 가진 사람은 분명 이세상에 존재한다고 말했을 겁니다. 또 더 밝은 미래를 꿈꿀 수도 있다고 말했을 겁니다. 저는 당신의 말을 믿고 싶습니다. 다시 한번 친구가 말한 그 세상을 품을 수 있다는 희망을 믿고 싶습니다. 그래서 엘리베이터를 고쳤습니다. 우리가 정말 보이지 않는 시각을 가진 사람을 만나 희망적 세상을 같이 꿈꾼다면 친구도 분명 좋아할 것입니다. 당신과 제가 생각하고 그리는 그런 세상은 아니더라도 일말의 희망을 가지고 어느 정도 사람들을 바꿔 놓을 수 있다면 전 친구에게 더 이상 미안해하지 않을 겁니다. 당신을 돕기로 결심했고 엘리베이터 오류를 완벽하게 고쳤습니다. 자! 이제 당신은 이걸 타고 원하는 곳으로 이동할 수 있습니다. 절대 고장 나지 않을 겁니다."

"저와 함께 가지 않을 겁니까? 당신의 친구를 찾을 수도 있을 텐데요."

"아닙니다. 저는 가지 않습니다. 친구는 아마 자신이 떨어진 그곳에서 잘 살고 있을 겁니다. 당신이 손에 들고 온 그 카드가 바로 친구의 카드였으니까요. 그의 손이 아니라 당신의 손에 그 카드가 있다는 건 더 이상 그 카드를 이용해 차원이동을 하지 않겠다는 친구의 생각입니다. 친구는 그곳에서 아마 자신의 할 일을 두고 떠나오지 못했을 겁니다. 저는 이제 이 지구에 남아서 당신의 노력으로 바뀌어 가는 지구의 모습을 지켜볼 생각입니다."

나는 네모의 결정과 말 한마디 한마디에 감격했다. 그리고 탄복했다. 나는 말했다.

"저 또한 인간이기에 어리석고 반복적인 실수를 합니다. 그리고 인간이기에 한계가 있습니다. 하지만 저의 뜻을 믿어준 2016년의 어린 수혁이와 당신에게서 다시 한번 힘을 얻게 되었습니다. 저는 당신을 위해 그리고 당신이 증오했던 인간들을 위해 반드시 찾을 겁니다. 우리가 희망 가질 수 있는 미래를 말입니다. 다시 한번 정말 감사드립니다."

나는 네모와 마지막 작별인사를 나누었다. 네모는 나에게 작은 상자를 하나 주었다. 난 그 상자를 받아 가방에 넣었다. 그리고 카드를 들고 이번에 자신 있는 목소리로 그 주문 같은 글귀를 입으로 되뇌었다. 카드에서 또 한번 문이 열렸고 난 그 문을 통해 다른 공간으로 걸어 들어가 엘리베이터를 탔다. 네모는 나에게 물어보았다.

"목적지가 어딥니까?"

"1993년의 지구."

이번엔 제대로 목적지를 말할 수 있었다. 엘리베이터의 문이 열린다.

나는 엘리베이터에 올라타 도착연도와 날짜, 시간을 입력하고 출발버튼을 눌렀다. 그리고 이번만큼은 편안한 마음으로 눈을 감았다. 그렇게 또다시 나의 여정은 시작된 것이다.

5. 세상을 바꿀 첫 걸음

이 책이 시작되기 전 나는 독자들에게 분명 너무 진지하게 빠져들지 말라고 당부하였다. 이미 진지하게 빠져들었다면 그리고 내가 들려준 이야기의 모든 걸 사실처럼 받아들인 독자가 있다면 부탁 하나를 드리고자 한다.

만약 자신의 주변에 2060년이나 2090년에 온 사람이라고 말하는 사람을 보면 거짓말하는 것 같아도 적대시하지 말고 일단 친절하게 대해 줬으면 한다. 그리고 당분간 쉴 수 있는 곳과 먹을 것을 제공해 줬으면 좋겠다. 그들이 미래에서 온 사람이라고 말해도 이상한 눈초리로 쳐다보거나 피하지 말았으면 한다. 그들 또한 그저 이 시대를 방황하고 떠도는 유목민들이다. 그리고 더불어 살아가는 이 지구상에서 같이 숨을 쉬고 살아가는 인간으로서 조건 없이 받아들이는 포용력이 독자들에게 충분히 있을 거라고 나는 믿는다.

지금부터 나는 어쩌면 마지막이 될 수 있는 기록, 어쩌면 앞으로 생길 나의 불투명한 여정, 어쩌면 앞으로 겪게 될 긴 모험이라는 서사시의 서막일 수도 있는 이 책의 마지막을 써내려 가겠다. 독자들이여! 다시 나의 이야기 속으로 같이 들어가 보자.

엘리베이터는 나를 차원이동의 도착지로 떨어뜨렸다.

주변은 고요했고 그때서야 나는 감고 있던 눈을 떴다. 내 눈을 뜨게 만든 것은 다름 아닌 하늘에서 내리는 눈꽃송이였다. 2060년의 지구에선 하얀 눈을 직접 피부로 느껴본 적이 없다. 반구 돔 도시에 들어가서 살면서 뿌연 하늘에서 내리는 눈을 본 적이 없고 만져본 적도 없다.

하늘에서 눈꽃송이가 흩날린다. 손바닥을 하늘로 향해 펼치면서 나는 눈을 다시 한번 느껴본다. 내 손바닥에 닿은 눈은 금방 녹아 없어져 버렸지만 난 기분이 참 좋았다. 그렇게 한동안 그 자리에서 눈을 맞고 앉아 있었다. 시간이 한참 흘러 눈으로 덮인 내 바지가 차갑게 젖어가면서 난 정신이 번쩍 들었다. 그리고 일어나 주변을 둘러보았다. 주변이 온통 하얬다. 네모가 있던 2090년도 나에겐 하얬다. 잿빛 하얀 화산재로 인해 눈이 따갑고 뜨기조차 힘들었던 그곳에 반해 이곳은 하늘 위에서 내리는 축복의 눈꽃송이가 나의 눈을 즐겁게 하였다. 내가 서 있는 이곳은 눈이 잔뜩 쌓인

고요한 들판이었다. 주변엔 인적조차 보이지 않는 드넓은 들판에 나 혼자 덩그러니 서있었다. 점점 추위가 느껴졌다.

'이번엔 제대로 도착한 게 맞는가'

난 주변에 어떤 것도 보이지 않는 들판에서 내가 온 이곳이 1993년 지구가 맞는지 알 길이 없었다. 어떻게 해서든지 인적이 있는 마을이나 도시로 향해야 했다. 눈 내리는 들판 위를 걷기 시작했고 걷고 또 걸었다. 한참을 걸으니 배가 고파오기 시작했다. 그리고 내리는 눈 때문에 나의 머리카락과 옷, 신발, 가방까지 젖으면서 추위는 더 거세게 나에게 다가왔다.

'안 돼. 이렇게 걷다가는 어딘가에서 쓰러지고 말 거야. 잠시 머물 곳을 찾자. 저기 뭔가가 있는 것 같아. 얼른 저쪽으로 가서 쉬어야겠어'

눈은 좀처럼 그칠 기미가 보이지 않았다. 나는 작은 움막 같은 장소를 찾아냈다. 그곳에 들어가 몸을 웅크리고 앉았다. 그리고 네모가 준 상자가 생각나 가방을 열어보았다. 네모가 준 상자 속에는 초콜릿과 비스킷, 2016년에 보았던 음식들이 들어 있었고 네모가 쓴 편지가 있었다. 네모 덕분에 허기를 채울 수 있었다. 비스킷을 허겁지겁 몇 개 주워 먹고 난 다시 네모의 편지를 펼쳐 읽어 보았다.

* * *

친애하는 여행자께

저는 당신이 이 편지를 읽고 있을 때쯤 당신이 원하는 목적지에 도착하였을 거라고 생각합니다.

우선 먼저 사과 드립니다. 당신이 기계실에서 자는 동안 허락 없이 가방에서 당신의 노트를 꺼내어 보았고 그리고 2016년에 수집한 자료들을 읽어 보았습니다. 수집한 자료들은 엘리베이터를 고치는 데 큰 도움이 되었습니다. 오류는 제가 고쳤지만 그 오류의 원인은 당신이 찾은 겁니다. 우리가 같이 이 엘리베이터를 고친 거죠. 전 엘리베이터를 고치면서 계속 제 친구를 생각했습니다. 비록 친구는 자신이 원하던 시간여행은 아니었지만 어디선가 누군가를 도우면서 잘 살고 있을거라고 믿습니다. 그리고 전 엘리베이터를 고치면서 당신도 생각했습니다. 이번엔 오류가 완벽하게 고쳐져 당신의 시간여행에 차질이 없을 것입니다. 그래서 당신이 제대로 된 목적지에 정확히 도착했을 거라고 믿습니다.

며칠 동안 우리는 많은 대화를 나누었습니다. 저에겐 아주 유익한 대화였습니다. 제 질문에 거짓 없이 솔직하게 대답해준 여행자님께 감사 드립니다. 당신 덕분에 전 사람을 증오하는 걸 그만 두었던 것도 같습니다. 당신은 저에게 친구가 준 희망을 다시 한번 보여 주었습니다.

부디 그것에서 뜻을 같이 하는 사람들을 만나게 되면 우리가 나눈 이야기도 꼭 전해 주십시오. 우리의 이야기가 어느 누군가에게 작은 깨달음이 되길 바랍니다. 인간을 싫어한 저와 같은 부류가 거기에서 있을 것이고 희망이 없다고 생각하는 사람들이 저의 이야기를 통해 작은 교훈이라도 얻었으면 합니다.

그리고 만에 하나 엘리베이터의 오류가 재차 발생한다면 상자 아래 또 다른 종이를 확인해 보십시오. 그동안 제가 연구한 자료들이 적인 종이입니다. 제가 대비가 중요하다고 하지 않았습니까? 그 자료들이 유용하게 쓰일 겁니다. 부디 현명하게 잘 쓰십시오.

같이 떠나지 못한 저를 욕하지 말아 주십시오. 저는 여기서 제 두려움과 함께 싸워보도록 하겠습니다. 그리고 당신이 바꿀 그 지구를 지켜보고 있겠습니다.

시간 여행자여!

당신의 긴 여행에서 부디 우리가 찾는 사람들을 많이 만나길 바랍니다. 어디에 있든 몸조심하십시오.

P.S. 네모란 제 이름은 제 친구가 불러준 별명이었습니다. 사실 친구는 네모 선장의 광 팬이었습니다.

당신의 2090년 벗, 네모가

추위로 상기된 내 볼 위로 눈물이 흘렀다. 나는 벌써 네모가 그리웠다. 네모의 무표정한 얼굴과 날카로운 목소리는 사실 자신의 두려움을 보이고 싶지 않은 것뿐이었다. 네모는 마음이 따뜻한 사람이다. 나는 두 뺨으로 흐르는 눈물을 훔치고 상자 속을 이리저리 살펴보았다. 투명한 작은 아크릴 통엔 쇠똥구리 표본이 들어 있었다. 아! 쇠똥구리~ 고대 이집트에서는 쇠똥구리의 모습을 닮은 스카라베 장식을 많이 사용했는데 이것은 일종의 부적으로 수호신이자 부활과 순환의 의미를 지녔다. 이 스카라베가 나의 수호자가 되어 이 여정을 함께 할 것이다.

2060년의 지구를 살던 나! 2016년의 어린 수혁을 만나고, 2090년의 네모를 만나 여기까지 온 그 순간순간들이 주마등처럼 내 머릿속을 스쳐 지나갔다. 처음에 단순한 호기심으로 이 선발대에 지원한 그 순간부터 지금의 나는 이 지구와 세상에 책임과 의무를

다하는 막중한 임무를 가진 여행자가 되었다. 수없이 나를 고뇌하게 만들었고 행동하게 만들었으며 변화를 행하게 만들었다. 나는 그들에게 의식의 깨달음을 준 것이 아니라 그들이 나의 의식을 깨어 준 것이다.

나의 스카라베인 어린 수혁과 네모여!

난 그들과 함께 이 여정을 시작할 것이다.

나는 내 물건들을 가방에 넣어 다시 출발 준비를 한다.

저 새하얀 눈 밭을 내 발로 내디디며 나는 발자국 하나하나를 또렷하게 남겼다.

'닐 암스트롱도 이런 기분이었을까'라고 생각하며 걷는 나는 이제 역사를 바꿔나가는 첫걸음에 왔다.

어쩌면 나는 거대한 우주의 작은 행성인 지구에 사는 보잘것없는 인간 중 하나이겠지만 나는 누구보다 이 지구를 사랑하는 인간 중 가장 진정한 인간이라고 하겠다. 그리고 아무리 험난한 여정이라고 나는 포기하지 않겠다.

왜냐하면 나는 이 세상을 바꿀 인간이니까!

맺음말

무사히 여기까지 읽어준 독자들에게 감사의 인사를 전하고 싶다. 주인공의 나는 차원이동을 하는 여행자이자 특별하지 않은 보통의 인간이다. 주인공 '나'가 바로 당신이 될 수 있고 여러분이 될 수 있다. 혹은 주인공의 벗 '길동', '어린 수혁', '네모'도 바로 당신이 될 수 있고 여러분이 될 수 있다.

우리는 한계를 가진 인간이자 한계를 뛰어 넘을 수 있는 인간이다. '어느 시간여행자의 모험'의 주인공 '나'는 단지 호기심에서 시작된 차원이동 여행자에서 지구를 사랑하는 진정한 인간이 되고자 하는 '나'로 변화한다. '나'의 모험은 다양한 사람을 만나고 그들의 행동을 관찰하며 수많은 이야기를 주고 받는다. '나'도 그사이 많은 갈등과 고뇌로 힘들어하였다. 하지만 그 고뇌 속에서 매번 깨달음을 얻고 힘을 얻었으며 희망의 믿음을 얻게 되었다. 자! '나'는 다시 모험의 여정을 시작할 것이다. 그 첫발을 내디뎠고 이야기는 계속 이어질 것이다.

주인공 '나'는 누구도 아닌 바로 여러분 자신입니다. 지구를 사랑하는 여러분 자신의 첫 발을 같이 내디뎌 봅니다. 왜냐하면 우리는 한계를 뛰어 넘을 수 있는 인간이기 때문입니다.

Faber est suae quisque fortune
운명을 만드는 사람은 바로 자신

이 책을 마무리하며

모든 일에는 시작과 끝이 있다. 또한 미숙함에서 완벽함으로 향하는 과정이 있다. 이 책 속의 두 작품은 나의 시작이자 나의 미숙함을 드러낸 작품이다.

첫 번째 이야기, 아몬드 크루아상 실종사건

첫 번째 이야기는 내가 만약에 5학년의 학생으로 꿈에서 깨어난다면? 그리고 그 애가 냉장고에 넣어둔 아몬드 크루아상(실제로 내가 제일 좋아하는)이 실종되었다면? 이라는 생각에서 출발했다. 평소에 셜록 홈즈를 좋아하고 사람들을 분석해서 멋진 추리를 해보고 싶어했던 나를 어린 '나셜록'에 투영해 보았고 마치 5학년의 어린 아이가 실제로 겪은 것처럼 이야기를 써보고 싶었다.

모든 사건은 사소한 그 순간을 놓치지 말고 관찰하고 또 관찰해야 한다. 예리한 관찰력으로 주변의 단서를 놓치지 않는 12살의 나셜록의 추리력에 독자들도 한번쯤 자신을 투영해 보길 바란다.

두 번째 이야기, 어느 시간여행자의 모험

모든 영웅소설에는 항상 비범한 재능을 자랑하는 주인공이 많았다. 하지만 이야기 주인공 '나'는 집에 틀어 박혀 책 읽기를 좋아하는 책벌레이자 평범한 고생물학자이다. 어린 수혁은 소행성에 사는 어린 왕자의 캐릭터를 투영하였고, 네모는 현대 생활을 살아가는 대부분의 우리의 모습을 소재로 캐릭터를 만들어 보았다.

새로운 시각을 가진 어린 수혁과 불신에 싸인 네모 모두 우리네 세상에서 볼 수 있는 평범한 사람이다. 평범한 주인공 나와 네모는 어쩌면 환경이라는 제약에 자신을 한계로 몰아넣는 건 아닐까 생각했다. 인간이 정해 놓은 역설적인 단어들 "한계, 실수, 반복, 행복, 욕심, 과오, 방관 등" 이러한 단어들 사이에 자신을 몰아넣지 않았으면 하는 바람으로 이 이야기를 써내려 갔다. 운명의 한계를 뛰어 넘는 것도 그곳에 갇혀서 사는 것도 모두 우리가 정할 수 있다는 말을 독자에게 전해 주고 싶었다.

감사의 인사

먼저 이 책을 끝까지 읽어 주신 독자분들에게 깊은 감사의 말씀을 전합니다.

이 책의 완고가 나오기까지 옆에서 많은 도움을 주신 출판사 관계자분들, 양선혜선생님, 친구 윤동현, 아유 누나, 할머니, 할아버지, 이모께 감사 드리고 그리고 늘 내 옆에서 나를 지지하고 응원해 주신 세상에서 제일 소중한 저희 엄마께 깊은 사랑과 감사의 마음을 전합니다.